丸戸史明＝著
深崎暮人＝插畫
不起眼女主角培育法 3

有出
新刊
小小狂想本
¥500

欸，你為什麼不像剛才那樣？

……那樣手會痠啦。

可是瑟畢斯都會說：「這很輕鬆喔，英理。」

很不巧，我「還」沒變成二次元。

沒骨氣……

要是用公主抱，再走一百公尺我就會垮。
不過這樣揹妳的話……就可以一路走到妳家。

…………

妳選哪邊？

你閉嘴繼續走就對了。

霞之丘
詩羽
Utaha
Kasumigaoka

澤村·史賓瑟·
英梨梨
Eriri Spencer
Sawamura

加藤
惠
Megumi
Kato

波島
出海
Izumi
Hashima

不起眼女主角培育法 3

丸戸史明

插畫／深崎暮人

Kadokawa Fantastic Novels

彩頁／內文插畫：深崎暮人

Content

序　章 …… 011

第一章　春天，是相遇的季節（註：現在是夏天） …… 028

第二章　風雲變色的重逢（註：現在是晴天） …… 058

第三章　劇情很難想就讓主角變廢 …… 075

第四章　同人創作者都作過這種夢對不對？ …… 105

第五章　我並沒有出局〈霞之丘〉 …… 165

第六章　小小戀情狂想曲　～瑟畢斯——特殊劇情事件～ …… 189

終章之一 …… 225

終章之二 …… 237

後　記 …… 240

序章

七月中旬，夕陽輝照放學後的視聽教室，帶來熱得要命的薰風……

「抗議！」

……話雖如此，有個女生在炎炎暑氣中，卻語氣激昂地徹底重現出「那個手臂的角度」，指著教室另一邊。

「霞之丘詩羽……不對，辯護人所說的不過是一廂情願而已。」

一如往常，映著夕陽的金髮如細緻工藝品般柔順飄香，亮麗得讓我抱憾：假如頭髮的主人不是這傢伙就好了。

「是嗎？在我聽來，檢察官的說法才像謬論喔。」

沿金髮少女所指的方向看去，在窗邊有個靜靜抱臂的女性悄然睜眼，隨著一步、兩步的腳步聲來到了教室正中央。

……在校舍裡明明就應該是穿著室內鞋，為什麼會有響亮的腳步聲？像這種細節容不得吐槽。

「被告原本就角色性薄弱，既然這是庭內眾人的共通認知，為此採取補強的行動又有什麼問題呢？」

一如往常，順滑烏溜的長髮保有將夕陽深深吸入的漆黑色澤，美麗得令人感慨：所以我才對這個人招架不住嘛。

「角色性才不是那麼簡單就能導正的啦！」

說著，金髮少女像是和黑髮女性相互呼應，也走到了教室中央。

「不就是因為這樣，才需要多方面的嘗試錯誤嗎？」

雙方在極近距離下互瞪彼此，讓人產生從中冒出火花的錯覺。

「沒那種必要！基本上，之前的鮑伯短髮也絕對不算差！」

結果先衝動起來的，應該說簡簡單單就理智斷線的，總是金髮少女這一邊。

「所以我畫的人設也照那個方向定下來了……為什麼事到如今，妳卻要忽然換髮型啊，加藤同學？」

理智斷線的同時，她突然將發火的方向轉了九十度。

看矛頭轉向，原本坐著堅守沉默的我，就從法官席……從充當法官席的講台上，朝面前那個呆呆杵著讓人控訴的第三個女生嚴肅問道：

「被告，妳有沒有什麼話要說？」

「我該說什麼呢……我什麼都不清楚，就突然在放學後被叫來寫著『發言台』的桌子前面站好，然後眼前這齣法庭劇就自己演起來了，原來我也有發言權啊……」

一如往常，適量反射、也適量吸收著夕陽光芒，讓我難以形容自己對她懷有什麼情愫的那顆鮑伯短髮……不對，她現在不是那個髮型了。

「法官（倫也），這個女生好像對她捅出的樓子還沒有自覺耶？」

「真傷腦筋……這樣我們無法開庭審判。請被告確實理解自身立場。」

「雖然這不是很重要，總覺得安藝你今天比我還要角色薄弱耶。」

「被告不要有逾越本分的發言！」

瞬時間，從工藝教室拿來的木槌在我手邊敲響好幾次。

我只是沒抽中籤，才會演最不顯眼的法官角色，可沒有幹勁缺缺喔。

那麼，如同剛才介紹的，這裡是放學後的視聽教室。

我們會在這種地方，花時間將原本排放整齊的桌椅全部挪到後面，再利用騰出的寬廣空間來模擬法庭，當中自有其原因。

……一樁被我們稱為「加藤惠更換髮型案」的不祥事件，導致了這一切。

接下來，就用影片還原案發的狀況：

「啊，早安，安藝。」

「嗨，加藤咦咦咦咦咦咦咦咦咦咦～！」

像這樣，在一週剛開始的今天，隨興地從鮑伯短髮忽然變成短馬尾的，正是我這個缺乏主見及特色的同學。

代號平凡小惠惠的被告，加藤惠。

這個女生平時是我的遊戲製作社團成員之一，而且會在我們未來要製作的美少女遊戲中擔任第一女主角。

此外，關於「擔任第一女主角」的具體內容，至今尚無明確結論……

然後在教室裡靠走廊的那一邊，正甩亂滿頭金髮又鬼吼鬼叫的，是我那個不懂得從容及忍耐的青梅竹馬。

代號魔鬼英梨梨（看，她確實長著兩支角）的檢察官，澤村・史賓瑟・英梨梨。

這個女生平時也是我的遊戲製作社團成員，負責角色設計、原畫、背景、ＣＧ、還有其餘和圖像相關的所有工作。

此外，關於角色設定及原畫以外的工作分配，至今尚未告知她本人，因為我知道包準會產生糾紛。

最後，在窗邊展露黑髮及黑心的，則是我那個欠缺社交性及情面的學姊。

代號佛面阿詩（只不過她要先將對方推落地獄才會露出慈祥面容）的辯護人，霞之丘詩羽。

這位女性平時同樣是我的遊戲製作社團成員，負責故事劇情。

此外，要拜託她接下其他工作倒也可以，但是屆時要付出的代價實在太恐怖，以至於我至今還不敢開口。

她們三個和我，在今年春天組成了社團（至今名稱未定），為了製作我心目中最凶……不對，為了製作最強的美少女遊戲而開始活動。

於是在本月初，故事大綱總算完成，撰寫劇情和角色設計的工作緊接著就要起步之時，卻面臨了「第一女主角更換髮型」，也就是這次「變更角色設計」的意外狀況。

設計時以加藤當模特兒的英梨梨大為抓狂，而英梨梨一生氣，詩羽學姊就會把起鬨當成自己的天命，夾在她們中間的我，最後就為了調停而安排出這個場合。

……當然，要說這裡頭沒有御宅族對角色扮演的興趣或慾求，那肯定是謊話。

御宅族都會這樣玩吧？逆〇裁〇扮演劇。（註：《逆轉裁判》，法庭戰鬥冒險遊戲）

「再次詢問被告……為什麼妳要忽然換髮型？」

「咦？啊，呃……我沒想太多就換了耶。」

「沒想太多？加藤同學，妳只是一時興起，就打算若無其事地讓我的工作量加倍嗎？」

「啊，關於那一點，對不……」

於是，在被告（加藤）懾於檢察官（英梨梨）的氣勢，正要輕易認罪的瞬間……

「妳是出於善意才換髮型的對不對？」

「咦？那個……」

辯護人在絕妙的時機，添了名為緩頰的火種。

「角色設計要有記號性才容易下筆……換句話說，換髮型能幫到澤村的忙。妳是抱著這份心意，才會把髮型換成容易強調特徵的馬尾。對吧？」

「唔～我沒有想得那麼多耶。」

「…………我說的並沒有錯吧？」

「啊，呃……也許是啦。」

「抗議！這是誘導式詢問。」

結果，在加藤即將被佛面……不對，在她快被善於攻心的阿詩小姐用老練手法套話的瞬間，

魔鬼英梨梨又用手臂比出犀利角度。

話說回來，加藤沒主見到這種地步……我看，這傢伙即使背了黑鍋，只須被人慫恿一句「只要妳認罪就能圓滿收場」，大概就會輕易招出「那算我有錯好了」之類的供詞吧。

「欸，霞之丘詩羽，妳不要多嘴好不好！」

「即使妳那麼說，身為她的辯護人，我插嘴是應該的吧。」

「話講得好聽，其實妳只是覺得有趣才起鬨的吧。」

「不，妳錯了。我無論如何都想救加藤。是的，哪怕要用上任何手段……」

說著，詩羽學姊露出自信笑容，然後一步、兩步地走向教室中央，宛如是正職的辯護律師般朗聲道出被告的無辜。

「法官！被告平時都持續地無端蒙受『角色不鮮明』、『存在感微薄』、『啊，原來妳在喔？』之類的誹謗及中傷，精神上已被逼到絕境。基於這一點，辯方主張她在犯行時處於心神喪失狀態，應判其無罪……」

「呃～～我覺得自己好像沒道理被說成那樣耶……」

……果不其然，正如英梨梨所說，這個人單純只是因為好玩才起鬨。

而且她不挑對象。

「不過檢察官，光是讓女主角在途中換個髮型，和劇情就有許多部分可以搭上線，我覺得這對提升角色性有所幫助喔。」

「那是神岸〇在十幾年前就走過的路！這年頭再重施故計也不可能矇到啦！」

啊……這麼說來，我和檢察官一起玩過《T〇 Hea〇t》嘛。記得在瑪〇琪劇情線時，我們兩個都痛哭流涕得沒辦法看彼此的臉。（註：電玩遊戲《ToHeart》中換了髮型的女主角神崎明以及機器女僕瑪露琪）

「即使如此，女主角倘若普通過頭，要讓角色性變得鮮明，除了重施故計外也別無他法呢。原本就靠金髮雙馬尾占足便宜的檢察官八成不會懂吧。」

「不然妳就懂嗎？妳敢說黑長髮就不占便宜？」

呃，儘管加藤被說成普通過頭的女主角，但她也夠可愛的喔。

只不過，普通程度的可愛、外加會打扮又個性坦率，這些在三次元足稱女生魅力的優點，在我們追求的美少女遊戲世界線並不通用。

真搞不懂，加藤怎麼會跑來這條世界線……呃，雖然百分之百是我將她拖過來的啦。

「基本上，女主角的造型本來就該做好長期規劃嘛。要是途中換了髮型、或者在作品裡年紀變大、或者整型變臉的話，推出角色周邊產品時就會弄得很複雜而受到影響吧！」

哎，也對啦，更遑論在作品裡經過五年這麼長的時間。（註：影射作者自己經手的戀愛遊戲《White Album 2》）

「沒有那回事喔，檢察官。只要是超人氣強作，那些角色差異就可以推出不同版本的商品，賺到好幾次甜頭。到最後，問題還是歸結在作品內容或角色魅力上。」

我腦裡浮現了自己房間架上的黑〇劍兵（註：電玩遊戲《Fate/stay night》中的黑化劍兵）眼睛發亮的畫面，但我決定不去在意。

「話是那麼說……」

此時，和平時一樣，總是沉默得像空氣的加藤緩緩開口了。

「這樣看來，澤村同學和霞之丘學姊，說來說去根本就是和安藝一樣等級的重度御宅族對不對？」

結果她卻淡然說出了挺傷人的話？

「咦！」

「什……」

面對被告意想不到的反擊，檢方和辯方一瞬間似乎也嚇著了，都默默凝視著站在發言台的短馬尾女生。

「基本上，這是在模仿逆轉什麼來著的電玩遊戲對不對？當你們都演得這麼入戲的時候，就已經讓人覺得……」

「請被告在發言時自重！要是太沒有分寸，我會命妳退庭喔。」

於是，我又敲下木槌，用了不容易分辨是誰說的台詞打斷加藤反擊。

這項行動裡，蘊含著我對加藤做出意外反應的困惑；以及她像母執輩一樣，隨口將那款名作叫成「逆轉什麼來著」的憤怒。

話說她講不出《○轉○判》（逆、裁）的正式名稱，反而強調了自己的角色性耶。

「Ｏｂｊｅｃｔｉｏｎ（抗議）！加藤，能不能請妳收回那句話？」

「學……學姊……」

彷彿要為我們三個代辯，辯護律師站起來了。

「我在上小學以前，自從看了Ｎ○Ｋ的《艾○的異想世界》（註：電視劇《艾利的異想世界》）以後就一直是法庭劇迷，可不想被拿來和那兩個半桶水相提並論。」

「妳還拆我們的台？」

結果她輕輕鬆鬆就和我們兩個做了切割……哎，但這種應對方式十分符合詩羽學姊的作風。

話說回來，原來詩羽學姊是那部外國電視劇的劇迷啊？

我記得，那是十年前流行過的愛情喜劇，講述有個容易動情的女律師，老是為了戀愛問題而鬧得不可開交。

這樣啊，難怪……

「是喔，霞之丘詩羽，原來妳是那部電視劇的劇迷……我這才知道，妳的身體心靈都培育得這麼Bitch的原因。」

難怪學姊的戀愛觀會那麼複雜……呃，糟糕，我想得和英梨梨差不多狠。

「哎呀，妳把話說成那樣啊，澤村？」

「怎……怎樣，妳有意見嗎？」

辯護人瞇起眼睛，用目光貫穿檢察官。

檢察官雖然顯得畏縮，還是迎面接下那陣目光，然後瞪了回去。

英梨梨也真了不起呢……萬一剛剛那種目光是對著我，我肯定會無條件下跪求饒。

「真討厭，最近的檢察官連辯護人的人格都要攻擊。」

「我說的是事實。假裝發一下脾氣，就讓男人特地追著妳到遠方城市，那不叫Bitch要叫什麼？」

「呃，沒有，那個是……」

被英梨梨視為問題的，似乎是上星期發生的那件事。

我對詩羽學姊寫出來的遊戲劇情大綱不滿意，反覆商量和改稿好幾遍，最後是在搭電車要花一小時的和合市飯店，才終於徹夜將內容完成的那段舊事……

「而且從那次以後，妳的心情忽然就好了起來，編寫劇情也得心應手的樣子，誰知道你們倆在那一天到底發生過什麼……」

「那麼，為了回答檢方的問題……法官，我要提出下一項物證。」

說著，辯護律師霞之丘從口袋拿出智慧型手機，似乎操作著什麼……

「快住手————！！！」

瞬時間，我手上的木槌被重重敲響，並且從根部應聲折斷。

「……那項證物，我身為檢方也有興趣。」

「沒必要！妳不必有興趣！」

還有，那個（桃色照片）和這次事件根本沒關係吧！

「…………」

於是在那個瞬間，不只檢察官，感覺好像連被告看我的視線，也和平常不太一樣。

「好啦，結果這件事該怎麼辦……這樣我做不出判決喔。」

在一小時以後……

結果，外行人的角色扮演輕易冒出破綻，稱不上法庭劇的互動歹戲拖棚，只是白白浪費時間而已。

腳步緩慢的盛夏夕陽，也快要西下了。看向時鐘，已經到了六點。

「哎，今天的活動差不多就這樣吧……明天起要修改人設才可以。」

檢察官好像也累了……不對，她滿臉疲倦地坐了下來。

「我也要稍微修改前段的文章才行。哎，我這邊只有短短幾行，完全不成問題就是了。」

接著，辯方也拿起書包，彷彿事情已經結束。

「這樣啊……那麼，今天辛苦妳們了……」

於是乎，就在法官看了雙方的反應，正準備宣布閉庭的瞬間……

「這件事情，是不是照法官的主觀來判就可以了？」

「加藤……？」

從所有人都沒料到的方向……從發言台那邊，拋出了令所有人都沒料到的一句話。

「審判就是這樣的吧？到最後，都是由法官來下決定對不對？」

「話是沒錯啦……加藤同學？」

「妳到底想說些什麼？」

受審判的人主動要求法官量刑，面對這種空前演變，檢方和辯方兩邊也滿臉納悶地望著站在發言台的被告。

被告承受著那些視線，表情和平常一樣淡定地靜靜把話說了下去。

不過，她講的內容……

「呃，我想說的是，這個髮型要算有罪或無罪，簡單說就是合不合適的問題吧？」

「咦？」

「咦？」

「咦？」

這裡出現的「咦？」，三個人當中似乎分成了兩種反應。

「…………」

而且在問題中舉足輕重的加藤，在說完那些話以後，不知為何就默默地用淡定表情一直望著我這邊。

「欸，加藤，妳在說什麼……？」

呃，所以說，加藤那些話概括起來就是……

審判終究是照法官的主觀來裁決。

←

這次審判的爭議點，歸結於現在的髮型合不合適。

←

換句話說，法官只要對被告現在的髮型下判斷就好了。

↓

——「我這個髮型合適嗎，安藝？」（↑目前進度）。

「原來如此，聽來有一番道理……檢方對被告的提議表示同意。」

「辯方也沒有異議。」

「欸，妳們等一下！」

應該在嚴謹討論後才由法官作出的判決，在不知不覺中，變得可以用製作人兼總監充滿私情的論斷充數了。

「…………」

「加……加藤……？」

這淡定的攻勢是怎樣……？

以棒球來比喻，就是用方型站法預備，打擊時平揮，再順著球路打回中外野……喂，這打者也太行了吧！

「…………」

「…………」

「拜託，不要連妳們都這麼簡單就倒戈啦。」

不知不覺中，淡定又刺人的視線已經從三個方向對著我。

但我希望她們先等等。容我說一句，這三個人最好別小看御宅族。

有女生換了髮型，就要我當著本人面前說出對新髮型的感想——那種現充般的舉動，誰辦得到啊！

……呃，我這並不是矜持，而是缺乏勇氣的意思。

「…………」

「欸，判決還沒出來嗎～～法官？」

「再拖下去，只得強迫法官自白了。」

「對不起，我可以提出此案無效之議嗎？」

第一章　春天，是相遇的季節（註：現在是夏天）

七月已經進入下旬，今天是結業典禮。

參加過簡單的典禮，也意思意思地開完班會，幾乎所有學生都踏上歸途的中午時分。

「再見，澤村。」

「保重喔，石卷，願我們在九月再次用笑容相見。」

「那、那個……英梨梨學姊！再見！」

「接下來居然有一個月見不到學姊，好寂寞喔……」

「哎呀，小谷真是的。暑假期間，我每個星期三都會在社辦，隨時可以過來找我喔。三澤當然也是。」

「好、好的……謝謝學姊！」

「我們先失陪了！」

從校庭前往校門的人潮中，有一群格外優雅、格外華麗、格外金光閃閃的人……不對，金光閃閃的只有一個，而且我指的其實是髮色。

哎，不管那些，總之「澤村・史賓瑟・英梨梨及其黨羽」就像那樣，在我的前方十公尺左右聚成第一集團，似乎用表面話聊得挺熱絡的。

話說回來，英梨梨那傢伙講什麼「保重」啊？畫情色同人的漫畫家還這樣。

不對，因為她是御宅族，才會毫不猶豫地活用那種屬性的言行吧？

其他人不可能發現，英梨梨那種用詞並非出於正牌千金小姐的習性，而是御宅族女生套梗演出來的。畢竟她只有偽裝這方面無懈可擊。

「所以說，每部作品都會需要一個年紀比較小的女角色啦！」

「這……這樣喔。」

然後，走在第一集團後面約十公尺左右的第二集團，是我和加藤。

「要是進一步分析，在美少女遊戲中堪稱必備的年幼型女角，又可以分成兩個走向……」

「掰囉，惠。」

「啊，小佳掰掰……抱歉，安藝你可以繼續說了。」

「然後呢，年幼型女角的走向，大致可以區分成囂張系和黏人系……」

「唷，倫也，下學期見。反正你暑修不會來吧？」

「那還用說，一成。打工、夏COMI、加上遊戲製作……夏天是非拚不可的季節嘛。」

「普通人會在這個季節拚別的事情就是了……掰啦。」

「喔，再見啦！……抱歉，加藤。這次換我被打斷了。」

基本上只有我們兩個在大聊特聊，偶爾還會有同學像這樣經過並隨口打招呼，沒有人忽略、也沒有人圍著我們，屬於相當普通（淡定）且高流動型的集團。

「沒關係啦。又不是在談什麼大不了的事情。」

「對於主要都是我在聊的話題，妳這樣講就傷感情了……總之，我會斷然選擇黏人系！」

再岔題一下，我們明明是男女成對走在路上，卻還是一樣始終沒有人來說風涼話或吐槽。倒不如說，總覺得大家都把我的（遊戲的）第一女主角加藤惠當背景對待，這什麼狀況？

「以取向而言呢，黏人系角色的重點在於全面認同男主角。比如主角是社團裡面讓她崇拜的學長、或者熱情粉絲，那種喜歡主角喜歡到骨子裡的氣息，最能挑動玩家的安全感、萌心、還有保護慾……」

「啊，感覺就像霞之丘學妹扮男主角，然後女主角由你來當那樣嗎？」

「…………那個比喻包含了會讓事情變複雜的大量要素，請妳務必收回去。」

於是，我們兩個不約而同地轉向背後，只見獨自構成第三集團的詩羽學妹，像是打哪裡渡海而來的救世主，分開了周圍的人潮，堂堂闊步於眾學生的中央。

儘管學姊完全將目光放在手裡的文庫本，走路方式欠缺安全觀念，但是倍受敬畏的她沒人敢靠近，所以根本不可能牽連別人出意外，這倒算不幸中的大幸。

哎，好比跑馬拉松，我們幾個會像這樣分成三個集團，還一邊拿捏彼此的距離、一邊用相同步調前進，其中自然有緣故。

畢竟就像我之前提到的，今天是結業典禮。明天起就高高興興放暑假了。

但在這種長假裡，我們的同人遊戲製作社團何止沒有得到校方正式允許，就連顧問也沒有，因此要進行社團活動會有一些問題。

哎，簡單說呢，就是平時都被我們拿來當作社辦的視聽教室，我們沒有得到在暑假期間可以使用的許可。

所以囉，從今天起暫時失去活動據點的我們，就踏上了尋找臨時社辦的流浪旅程……

「加藤妳也會萌吧？要是有個比自己年紀小的女生畏畏縮縮地跟在後面，還緊緊揪著妳的襯衫袖子，無助地往上瞟著妳！」

「呃，我還不習慣在講話時，加上把『萌』當作一般動詞的前提耶。」

機會難得，在踏上旅程的途中，我也把握時間像這樣商討要務。

在這裡，藍天就是講解用的黑板。

「不然我們試著導入具體一點的事例好了……加藤，妳從現在起閉上眼睛，然後想像我敘述的情境。」

「我們還在走路耶？」

「……唔，睜著眼也不要緊。在這前面有校門對吧。」

「有啊。」

「比如說，『有學妹靠在校門柱子守候著自己出現』，這個情境妳覺得怎樣？」

「或許還不錯，可是也不一定需要是學妹吧？」

「妳不懂……妳果然不懂，加藤！」

「唔～對呀。我承認自己並沒有打算積極了解。」

至於議題……聽了內容應該就會懂才對，我們在商討遊戲附屬的其他女主角。

「學妹的心裡……學妹心裡，會懷著不能和主角當同學的心結及糾葛啊。」

「是……是喔。」

「對方年紀比較大……和自己生活的空間和時間都不同。如果是同年級，就可以在同樣的教室上同樣的課，感受時間以同樣的方式流逝。可是，自己卻不能那樣。」

詩羽學姊……霞詩子使出渾身解數寫下的企畫書《由倫理同學為倫理同學量身打造的，富含倫理觀念的超健全美少女遊戲企畫（詳情請參照第二集的參考資料）（暫定）》裡，記載著叶巡璃和丙瑠璃，這兩位超越時代的女主角包含身世背景在內的詳細設定。

可是，關於其他女主角，目前只有「會另行擬稿」的一句說明。

「只因為出生得比較晚，原本能待在一起的開心時光就被剝奪掉的自卑感！一面被那種心情折騰、一面踢著眼前小石頭的落寞身影！」

「有需要想得那麼深嗎？」

「啊！還有一面思考『今天和學長見面時要說什麼呢？』，想著想著就露出滿臉開心的表情，那樣也很棒！」

「說到最後，你是不是覺得有學妹就好啊……」

「對嘛，有學妹型的女角色就一切都好！」

「啊，你直接斷言了。」

因此，在劇情製作方面應該會編寫得漸入佳境的暑假開頭，至少要把女角色的空缺全部填滿，這就是我身為遊戲製作人的使命兼責任。

……身為學弟，我完全沒有顧慮已經三年級的詩羽學姊得準備升學考試，這一點就先暫且不提。

「然後，能直接表達出學妹感的最強道具……就是制服！」

「啊，比如每個學年都用不同顏色的絲帶嗎？」

「那也不錯，那樣也不錯喔！不過，有個要素更能直接彰顯學妹感。那就是制服款式本身的差異！」

「意思是她讀不同學校？啊，或者根本還在讀國中？」

「BINGO！」

我說得越變越熱情，並且再次指向已經來到眼前的校門。

那裡當然沒有穿著不同制服又貌似國中生的女孩子，但我對那種小事毫不在乎，繼續說了下去。

「就是因為讀國中才會先下課，趕到高中這裡以後，碰巧是學長放學的時間……被其他年長的高中生猛盯，雖然讓她感到呼吸困難，卻還是專情地一直等候著要找的學長出現！」

「……學長？」

在我腦裡，就像這樣自動播放了呼喚「學長」的萌系語音。

開口略顯含蓄，又有點結巴，可是，那一絲充滿期待的微妙口吻聽了相當悅耳。

「等終於找到人以後，她有一瞬間差點掉淚，但下個瞬間就變成滿面的笑容！然後，她會用有些顫抖的聲音呼喚……」

「倫也學長……？」

「對！就像這樣！」

「咦……？」

結果在那個瞬間，加藤一臉納悶地將視線轉到了我指的方向。

當然，我的腦內學妹就站在校門那裡，只存在於腦內的她，正望著我們這邊。

她穿著和豐之崎不同的制服，身高稍矮，特徵是梳成丸子頭的略短雙馬尾。

還有，那何止超越了英梨梨及加藤，搞不好份量更直逼詩羽學姊的豐滿……？

「奇怪？」

呃，我不記得自己曾把學妹型女角設定成那種胸部搶眼的角色……

「果然……果然是倫也學長耶！太好了，終於找到你了～～！」

「……咦？」

可是，擺在眼前的事實，卻遠遠凌駕於我的基礎設定了。

「我……回來了喔，我回到學長身邊了喔～～！」

「唔……咦……？」

這對緊緊貼著我的身體，在柔軟中能感到強大彈力，還兼備年輕及雄偉尺寸的驚人女性胸器是怎麼回事？

「…………」

「…………」

「…………」

於是，性質完全相同的目光，從三個方向扎到了像這樣抱在一起的我們身上。

換句話說，現在的我是三角形的重心。

因此，我只好朝著那三個方向，用性質完全相同的目光給予回覆：

「呃……這個女生是誰？」

※　※　※

「哇，好懷念喔，這座公園……三年沒來了呢！」

回家途中的小小公園。

距離豐之崎稍遠，離我家還算近。

而且，和我以前就讀的嶋村國中近在咫尺……

「出海……？妳真的……是我認識的那個波島出海？」

「討厭～～學長，之前你都把我認成誰了啊？」

「呃，也沒有什麼誰不誰的……」

我之前就是在疑惑妳哪位啊？

「啊，發現球球！」

總算和我記憶裡的人名「波島出海」接上線的那個女生，一發現滾在公園的橡膠足球，就開心心地像小狗般玩起來了。

……因此，在我眼前，現在有三個球正晃來晃去。

「她是安藝在國中時的學妹？」

「啊，不是，妳說錯了一點點，不過差不多啦。」

面對加藤的問題，我只能答得略顯含糊。

因為她——波島出海確實是我的學妹，但我們其實沒有就讀同一所國中。

「妳認識她嗎，澤村？」

「不認識。」

「既然她是倫理同學的學妹，不也是妳的學妹嗎？」

「我哪會認識啊。她讀的小學又不一樣，還比我小兩個年級，再說那個女生升國中前就搬家了，搬去名古屋。」

「妳知道的那麼多，感覺完全可以算得上認識了……」

於是乎，在我和加藤後頭的長椅上，偶然（本人宣稱）來公園寫生的英梨梨幫忙做了精確的補充。

此外，在英梨梨的旁邊，同樣是偶然（本人宣稱）來公園讀書的詩羽學姊，淡然地幫忙挑了語病。

「之前她住的離我家還算近，當然會碰面個一、兩次啊。不過那是三年前的事情，而且她現在的外表也變得完全不一樣了。」

「啊，妳是指自己身上被她徹底超越的某部分尺寸？」

「妳再說下去，我就要出《戀愛節拍器》的雙女主角凌辱本了，霞詩子。」

「看到自己的作品出二次創作，是作家的夢想啊。務必麻煩妳了，柏木英理老師。」

……附帶一提，這兩個人的目光理所當然地只落在素描簿和文庫本上，絕對不看彼此，太恐怖了。

「學長學長！倫也學長也陪我一起玩，來嘛！」

「好……好啦……」

結果，出海對背後的異樣氣氛渾然無所覺，天真無邪地在挑球時將那踢來我這邊。

我也盡量不出醜地在球落地前踢回去，並且凝神觀察她的搖晃度……不對，觀察她踢球時的走光度……也不對，我重新端詳她的全身上下。

「話說回來，出海妳變了好多耶。」

「咦～～會嗎？」

唯有那點，我不得不全面認同英梨梨的說詞。

我也很難將三年前還常常玩在一起的小學女生，和眼前這個國中女生連接在一起。

「因為妳以前留短髮，還曬得黑麻麻的啊。」

而且，每個部位還都瘦巴巴的，簡直像是……

「的確耶，我那時候簡直像小男生一樣。」

「嗯，就是啊！」

她以前在夏天總是只穿一件背心，就算脖子和腋下露出太陽曬過的痕跡，一起玩時也完全不會讓人意識到她是女生。

在我更小更小的時候，就無法不把白皙得像陶瓷娃娃的英梨梨當女生，相較之下，我和出海是用不同的相處方式變得要好的。

她是我出生後第二個交到的，這樣的一名女性朋友。

要比喻的話，當時的她就像《夏日○作戰》的佳○馬（註：《夏日大作戰》中的池澤佳主馬）……呃，不行，這樣比喻會聳動得像是我對小男生動了萌心。

「是喔，我看起來變了那麼多？」

「判若兩人！……所以，剛才我沒有想起妳的那件糗事，就讓它過去吧！」

是的，判若兩人。

現在的出海，有一頭綁在後面的亮麗長髮，肌膚白嫩細緻，整體身材帶有圓潤感，可是那並不是變胖。

哎，簡單說呢……

「我變得比較像女生了？」

「……是……是啊。」

嗯，雖然我不想明說，但就是這麼回事。

「不過，假如是那樣的話……」

於是，出海從略高的位置將球凌空踢回來給我，並說出比之前更多了一絲絲撒嬌味道的細語。

「假如我變得像女生了……那都是學長的關係喔。」

「噗！」

聽了那句衝擊性發言，我只能用意外踢空當回應，球一路滾到了後面的長椅。

「因為是學長……教了我身為女生的喜悅喔。」

「呃……咦？等等……妳到底在說什……」

「畢竟倫也學長和我在這裡，玩了好多種遊戲嘛。」

「出海？」

「安……安藝……？」

唔……我第一次看到加藤刻意和我保持距離。

「居然在公園和小學女生玩危險的遊戲……倫理同學明明就……明明就……」

「這……這下就明白他為什麼不理妳這種老女人了呢，霞之丘詩羽。」

後頭長椅上的兩位吐槽起來，一時間也失去了平常的犀利。

「又見到學長，我好開心喔……我一眼就認出來了。因為倫也學長一點都沒變……」

「是……是……是喔？」

「原來安藝你從三年前就是這種人……」

但是加藤立刻又擺回了淡定的態度，真了不起，不愧是加藤。

「嗯，聽了三年前的女人剛才那番話，七年前的女人（澤村）覺得如何？」

「……妳再說，我就不畫作品中的角色，而是改出霞詩子（作者）凌辱本喔。」

後頭兩位也很快就恢復犀利度了，這全是長久相處帶來的恩澤……或者禍端。

「所以，倫也學長……這個請你收下來！」

「出……出海……？」

隨後，眼睛水汪汪的她，從口袋裡拿出了一只藍色信封，並且遞來我眼前。

像這種在進入個別劇情線前才會碰上的事件，出生至今只在遊戲裡體驗過的我，不由得雙手顫抖著拆開信封。

結果從裡頭冒出來的是……

「……社團入場券？」

「活動第二天，東館04a的『FANCY WAVE』就是我的攤位！請學長一定要來喔！」

一張以藍銀配色，對御宅族來說相當於白金級門票的入場券。

※　※　※

「《小小戀情狂想曲》……？」

「對！我的話，目前是在畫去年出的第三代的幹也。啊，但我不是只喜歡幹也而已，應該說

我喜歡的始終是他和女主角這一對，或者他們兩個相處的氣氛……」

「呃，那個……？」

「……出海，加藤『目前』還是一般人，妳先說到這裡就好了。」

「你特地補充『目前』，我很擔心自己以後會受到什麼改造耶。」

離開公園以後，我們來到平時常來的這間木屋風咖啡廳。

在店裡，能看見終於露出馬腳……不對，能看見出海開始展現真正本色，而讓加藤變得一副不敢領教的模樣。

「唔……欸，安藝，那個小什麼來著的也是美少女遊戲嗎？」

「不是啦，那屬於女性向遊戲。還有加藤，妳那種像是不懂電玩的母執輩在談到遊戲時的草率稱呼，很容易在之後引起風波……」

「那才不叫小什麼來著！是《小小戀情狂想曲（Little Love Rhapsody）》！小小！戀情！狂想曲！也有人簡稱為《小小狂想》或《ＬＬＲ》，它是前後三代合計銷量已經超過兩百萬套的人氣系列作，請妳不要弄錯！」

「……做個訂正。因為立刻就會引起風波，加藤妳留意一下比較好。」

「好……好的，我切身體會到了。當下馬上。」

所以囉，我們目前談到了《小小戀情狂想曲》。

呃，大致上就像出海剛才說明的那樣，要多補充一點的話，就是這款作品是由遊戲大廠索拿發行的。

從十年前左右推出第一代以後，這個系列在女性客層的戀愛模擬遊戲中……也就是「女性向遊戲」中，已經成為人氣榜上時時有名的長壽系列。

雖然目前出到了第三代，但每次推出新作都不是單純炒冷飯，從設定世界觀到角色都會徹底刷新，毫不偷工的角色商法值得眾人敬畏。

畢竟，初代讓人大為叫好的西洋奇幻世界觀和角色，在二代就爽快地切換成和風幻想，到了三代又幾乎全面翻新成校園奇幻，別說每次都能創下佳績，還不忘照顧前作的忠實粉絲，這個系列的企畫者絕不是等閒之輩。

要讓女生落坑變成御宅族……不是啦，要製造共通的話題，這款作品堪稱上選。

「我剛才也說過，認識學長之前，我完全沒接觸過電玩和動畫，盡是和男生在外面玩。」

「這樣啊……以小朋友來說，我覺得那一點也不算壞事耶。」

「而學長就讓年幼又不經世事的我，見識到了新的世界……他在我的生日，將《小小狂想2》連同P○P一起送我當禮物。」

「那樣……確實和現在的安藝沒什麼不同呢。」

要和戶外活動派的人親近，掌上型主機是一項相當有效的手段。

我的推廣活動，不挑對象及手段。

……哎，不過當時我沒有打工，所以得把壓歲錢全砸下去就是了。

「要是學長那時候沒有送我《小小狂想2》，我現在就不會過著熱衷於電玩和動畫的幸福人生……所以我對學長的感激是怎麼樣也說不盡的！」

「喔，好厲害耶……妳那種簡直看不出後悔的態度。」

說到這個，加藤從剛才就一直用看待瘋狂信徒般的眼光對著出海，感覺不太妙耶。

「不愧是倫理同學，腐化女生的手法從以前就是一絕。」

「《小小狂想》……」

「哎，雖然我們也不能對人家說三道四就是了。畢竟……」

「…………」

「澤村？」

「……啥？」

「怎麼了嗎？妳那副表情，就像整頭金髮在逃亡生活中因為恐懼和壓力，一個星期內就全部變白的法國王妃呢。」

「欸，妳不要老是講莫名其妙的話行不行，霞之丘詩……噗！」

「唉～誰叫妳喝得那麼急……來，手帕。」

「喂……這什麼嘛，咖啡怎麼從一開始就是甜的！」

「難道妳點的時候沒先說『不加砂糖』？澤村，妳還是這麼粗心。」

「話說這年頭還有咖啡廳是這樣的喔？」

另外，在我和加藤後面的那桌，偶然（本人宣稱）聊得正開心的兩人組也還是老樣子。

※　※　※

「所以囉，學長！夏COMI你絕對、絕對、絕～～對要來喔！」

人來人往擠成一團的傍晚月台。

在眾人環視下，出海依舊活力滿點，特地改了三種口氣連續強調「絕對」。

嗯，以活潑系女角的定位來說，可以給她及格的分數。

「好啊，我絕對會去！期待妳畫的新刊喔。」

哎，反正我一開始就預定三天都要參戰了，但也沒必要特地講出來讓她掃興。

「……雖然說，新刊就是目前最大的問題，啊哈哈。」

於是乎，出海露出只要參加過同人活動，任何人都會懂的微妙笑容，然後就準備趕著搭上發

車鈴快要響起的電車了。

「對了，學長和哥哥見過面了嗎？」

「咦……伊織也回來了？」

然後，她在離開前提到的那個名字，讓我的喉嚨像是哽了一根小骨頭。

「那還用說，我們是全家一起搬回來的啊。」

「這樣啊……」

這樣啊，原來伊織人也在這裡。

雖然感覺那傢伙就算一個人生活，也游刃有餘就是了。

……不過哎，名古屋和東京，那傢伙會選這裡也是當然的啦。

「啊，學長，之後請你也要來我們的新家玩喔！哥哥也會很高興的！」

「好……好啊……」

接著，發車鈴總算響完了，出海貌似不捨地將話題結束。

「那麼，倫也學長……又能見到你，真的好高興喔！」

「出海……」

先是從活力十足的笑容變成苦笑似的微妙笑臉，而這一次則是顯得有些想哭、卻又由衷開心的笑容。

然後，帶著那副笑容的她被電車門遮住，緩緩地和我逐漸拉開距離。

即使如此，她仍一直、一直……拚命擺出笑容，就算我從視野中消失，短時間之內，她大概還是會拚命笑著朝這邊揮手。

變來變去的豐富表情，和我剛認識那個好勝的小學生時完全沒變，不過將她的表情一個一個細看，就會流露出和三年前不同的「女生樣貌」，讓人感覺有些高興、有些落寞、也有些害臊……

「真是太好了，倫理同學……黏人系的學妹型女角到手囉。」

「唔……」

伴隨著刻意為之的冷冷嗓音，有人輕輕將手擺在我肩膀，然後吐出誘人的一口寒氣，是毒舌系的學姊型女角……沒有啦，是詩羽學姊。

「國中生、不同制服、在校門前一個人站著守候倫理同學的那份專情……感覺真的讓人見識到狗狗型女角的神髓了呢。」

「是……是喔。」

「如果語尾再帶個『是也』就完美了。」（註：影射戀愛遊戲《To Heart 2》的女主角柚原本實）

「胡……胡說什麼啊，詩姊？」

「你叫誰啊。」

結果，詩羽學姊輕輕彈了我的額頭，像是排斥那聽不慣的稱呼。

太好了，她不是用金剛爪。（註：影射戀愛遊戲《To Heart 2》的女主角向坂環）

「哎，反正這樣新角色的設定就有著落了，下筆也會順利許多……嗯，這個新角色在故事裡終究只是附屬的女角，待遇僅止於配角就是了……那麼再見囉。」

說完這句話後，詩羽學姊帶著一股謎樣的氣勢，輕輕揮過手以後，也不等電車就轉身走上月台的樓梯了。

……她又不是搭這條路線，為什麼要專程跑來這邊的月台啊？

※　※　※

不只是月台，傍晚的電車雖然和尖峰時間不能比，但同樣十分擁擠。

「那個女生……是叫出海？」

「嗯？」

等我們搭上和出海方向相反的電車，已經坐過一站的時候，直到剛剛都和平時一樣存在感薄弱的加藤，才總算開口嘀咕。

「她簡直和你一樣耶。」

「……這是在誇獎還是批評？針對的是我還是出海？感覺可以依據選項的不同做出四種各異的解釋就是了，妳想說的是哪一種？」

「呃，都不是啦，我沒有要誇獎或批評，單純有感而發。」

「不要用那種小學生程度的藉口敷衍我啦。」

「唔，這個嘛……比如說，你們聊到喜歡的東西時都會緊迫盯人；要是對你們喜歡的東西有誤解或不夠理解，也都心胸狹窄得絕對無法原諒；另外的話…………啊，關於喜歡的東西，你們會熱情地訴說，結果都能讓別人產生興趣。」

「……喂，妳只有最後打圓場的部分想得特別久耶。」

加藤那番話，聽得出她想盡量保持淡然，但果然是在損人嘛。

不過，這樣啊……假如出海的名字裡有「倫」這個字，八成會被詩羽學姊叫成「小倫理」吧。

「但是，有一點我可以明白……她在三年前，和你共享過一段既長又充實的時間。」

「呃，還好啦……」

關於那一點，我不太能否定加藤的推斷。

在她因為家庭因素而搬離這裡前的一年半期間……

做為深愛相同作品的同志、做為灌輸了御宅族知識及精神的愛徒、做為自己看上的繼承者，我一直呵護著波島出海這個年紀比我小的少女。

……在這裡用到「少女」這種字眼，難保不會讓自己和對方惹上某某條例的麻煩，還是說成「朋友」比較不會出差錯，而且也更貼近當時的認知。

哎，先不提那些，對於曾在尋找同志時一度失敗的我來說，她就像新的希望、或者是第四部的開始。能讓我冒出歐比〇般（註：電影《星際大戰》絕地大師歐比王）的心情，肯定是意義寶貴……

「欸，加藤……人呢？」

結果當我經過漫長思考，準備講出自己的想法時，加藤早就已經走在相隔於電車門外的月台上了。

到了自己要下的車站，說一聲「再見」也可以吧……

遊戲裡做到這一幕時，得加上關門聲和發車鈴響起的音效，讓玩家了解狀況才行呢，嗯。

※　※　※

下了電車，我走在回家路上。

從車站一直沿著大街走，約莫五分鐘之後再拐彎向右爬坡。

那裡就是到家前最大的難關，耳熟能詳的偵探坡。

「…………」

「…………」

七月下旬，從明天起就是暑假。

雖說是傍晚，但太陽的位置還挺高的，爬上漫長的急升坡以後肯定會汗流浹背吧。

「…………」

「…………」

不過，我不能在這種時候輸給暑氣。

畢竟就像剛才提過的，明天起就是暑假。

想做的事、該做的事、不做不行的事像山一樣多。

根本連一秒都不能浪費。

所以，我使勁讓爬坡的雙腿加快速度……

「欸，倫也！你幹嘛把我丟下來！御宅族就是這麼不懂得關心別人，社會地位才會無論過了多久還是一樣低迷，我行我素男！」

「妳不認為就是妳那種對人不尊重的高壓態度，才造成御宅族社會地位低迷的嗎？桀驁不遜女……」

隨後，從剛才就一直吃力地默默牽著腳踏車的英梨梨終於示弱了。

所以囉，場景依舊在偵探坡中途。

不得已接手的我，正忙著將英梨梨的腳踏車牽上斜坡。

我就是討厭這道工夫才會走路到車站，可是英梨梨為了在早上爭取「女生用來梳理儀容的五分鐘」，不惜在回程付出勞力，也要騎腳踏車到車站。

「話說，我在想自己是不是從剛才就一直被妳當空氣。」

「我的確沒有理你。」

「妳那是在……」

達斯維〇從剛才……不對，澤村・天〇者・英梨梨（十七個綽號之一……當中並沒有這個）的口氣厚黑無比。黑得讓人想放帝〇的主題曲當配樂。（註：電影《星際大戰》中的達斯維達、天行者以及銀河帝國）

哎，先不管那些，離開咖啡廳至今的三十分鐘，這傢伙確實莫名努力地發揮出平時並不擅長的隱形技能，若即若離地默默跟在我身邊。

「妳在生氣什麼？」

「並沒有。」

「睽違三年的朋友回到這裡，話匣子當然會聊開吧。」

「我就說自己沒有生氣了。你自我意識過剩，誤解得也太甚了。」

「是喔，那就好。」

「你那種擅自把事情解釋得對自己有利而放心的態度同樣很差勁。」

「妳有沒有生氣啦？」

這傢伙怎麼搞的？比平常還要麻煩耶。

於是，我將目光轉向之前刻意不看的英梨梨的臉，果不其然，她一如往常地掛著……不對，她掛著一張比平常更加樣板化的不悅表情。

這傢伙真的只有態度好懂耶。

但是要釐清她不高興的原因卻挺麻煩的。從以前就這樣。

「送什麼《小小狂想》，你……」

「……那是名作吧。」

「可是，那明明就……！」

「《小小戀情狂想曲》是索拿股份有限公司的註冊商標。不在那之上也不在那之下，對吧？」

「唔……倫也！」

結果，當英梨梨那張比平時更不悅的臉，正要變成比平時更火上心頭的表情的瞬間……

「好久不見呢，兩位。」

坡道上頭傳來了以男性而言顯得略尖、卻又清澈明亮的問候聲。

第二章 風雲變色的重逢（註：現在是晴天）

「好久不見呢，兩位。」

坡道上頭傳來了以男性而言顯得略尖、卻又清澈明亮的問候聲。

「呃，我有說錯什麼嗎？」

「你明明就知道……你明明就知道我想抱怨什麼！」

「英梨梨，我可不覺得自己有什麼理由要讓妳指指點點的喔？」

「你要記恨到什麼時候啦！當男生還盡是計較一些小事！」

「講究細節才算真正的御宅族吧。妳講的才莫名其妙。」

「既然這樣！為什麼你現在還要跟我……」

「……心平氣和地打了招呼卻遭到無視，我倒覺得，你們這樣子不管是身為御宅族或一般人都有失禮數耶，兩位認為呢？」

結果以男性而言顯得略尖、卻又清澈明亮的問候聲，在不知不覺中已經變成從坡道下面傳來了。

「抱歉，我們這裡正在忙，有事之後再講，伊織。」

……你要是肯默默地直接走掉，可以省得讓彼此都搞壞心情。

「明明都三年不見了，你也太冷淡了吧，倫也同學？」

「我說過好幾次了吧，不要鼻音濃厚地叫我『同學』。」

我只好不甘不願地留步，轉頭看向站在坡道下的他。

至於英梨梨嘛，腳步是停下來了，但她沒有轉頭，也沒改掉心情惡劣的態度，採取的是完全不理人的態勢。

她對三年不見的同輩還真冷淡……我自己就甭提了。

「我重新問候一次吧……好久不見呢，兩位。」

「又不是多重要的事情，別特地講第二次啦。」

那位被出海稱呼為「哥哥」而讓人豔羨的男生——波島伊織揚起嘴角，露出一副他本人大概覺得並無惡意的笑容。

他和三年前沒變，留著每個月都少不了要去理髮廳報到的輕盈褐色捲髮。

……仔細一想，他讀國中時就這樣還滿誇張的。這傢伙的造型、還有我們那間國中的自由度

都很扯。

在這種吊兒啷噹的哥哥底下，真虧出海可以培育成正直坦率的御宅族。

「那你來幹嘛？」

「由於父親工作上的關係，我從這個月起搬回這裡了，所以想來打個招呼。」

「也不用專程回來吧。你可以留在那裡享用以好吃聞名的名古屋美食。」

「也沒有多好吃啦。味噌烏龍麵的麵條偏硬；碁子麵反而就因為麵條扁平吃不出口感；味噌豬排只講究醬料，肉質平凡無奇；鰻魚拌飯也一樣，鰻魚本身享用起來仍有不足；炸蝦飯糰也只是把炸蝦和飯糰湊在一起，全無新意；至於台灣拉麵則是從名稱就和名古屋當地扯不上邊……硬要稱讚的話，以垃圾食物來說，頂多只有炸雞翅和壽賀〇屋拉麵還可以，不對，壽〇喜屋的袋裝味噌烏龍麵也勉強能稱讚吧。」

「欸，你其實吃得夠享受了吧！」

他明明是在批評，我卻變得好想吃那些料理。

而且，我也聽到了英梨梨在旁邊吞口水的聲音。

「最要命的是，名古屋沒有像關東這樣的大型同人販售會……被關在無法讓我發揮真正能力的地方都市，這三年只是一段痛苦的時間而已。」

「伊織……」

沒錯，我和這傢伙合不來，並不是因為生活的圈子不同。

就算他吊兒郎噹又長得帥又是現充，而且每次見面時旁邊帶的女生都不同……夠了，這傢伙開什麼玩笑啊！超令人火大！

……嫉妒歸嫉妒，我倒沒有討厭到把他當空氣的地步。雖然我會嫉妒！

「哎，雖然說在秋葉原開賣當天就會被瞬殺的書或者遊戲，在大須都能輕鬆入手，這一點我倒挺中意的。畢竟靠轉賣也賺了不少。」

「……你果然過得很享受吧？對吧？」

我和這傢伙合不來……是因為活動的圈子通通一樣，過活方式卻完全不同的關係。

比起國外的凶惡罪犯，真正讓人痛恨的是不識相的近鄰吧。

「所以囉，凱旋的時機已熟……我睽違許久的夏COMI要到了。」

「……你也報了社團參加啊？」

「當然了……在盛夏的熾熱三天中，這一次會得到多少名片、信箱、本子、精品和金錢呢？我現在就期待得停不下來喔。」

「伊織，你果然還在做那種勾當。」

「哪有理由要罷手呢？」

「別讓我一再重複……我就是看你這種部分不順眼啦！」

對，活動規模越浩大、聚集的創作者越大牌，越能讓這傢伙發揮能力。

波島伊織……其本質和華麗外表相去甚遠，是個凌駕於我的超級御宅族。

而且，他屬於立場和我相對的……同人投機客。

我和伊織認識，是在國中一年級的春天。

在相同教室碰面的頭一天，感應到同類氣味的我們，在當天回家路上只聊了幾十分鐘就變成拜把兄弟了。

伊織在國一時，就已經定型成現在的我也比不上的御宅族菁英。

他的知識深度、守備範圍之廣、以及擁有的精品數量，何止普通國中生望塵莫及，搞不好連大人也會被比下去，總之只能說他是個厲害的傢伙。

接著在那年的夏天，和伊織結伴去了第一次Comiket的我，又更進一步地見識到了他的厲害之處。

大牌的同人創作者自是不提，這傢伙連商業領域的知名漫畫家、動畫家、乃至於頂著導演或董事長頭銜的大人都認識好幾位。而且連初次見面的大人物，他都能親暱地向對方攀談並且博得好感，社交技能特異絕倫。

在同人販售活動中，所有大人都認得伊織，他在同人界是個著名的超級小學生（終於長大成國中生了）……

伊織那種大人物架勢，再加上他是我國中時第一個認識的御宅族同好，讓我對他越來越傾倒……

後來經過一年，察覺伊織本質的我就和他保持距離了。

「我才想說倫也同學呢，原來你還在提那種稚嫩的論調啊……真可惜，我到現在仍然很看重你這個人。」

「是喔。」

他那句話大概不是謊言、也不是陷阱、更不是奉承。

伊織並沒有閒到會特地來見不能為自己創造利益的人。

他會十分乾脆地將人分類成「用得上」和「用不上」。

國中時，我之所以沒有察覺那一點，是因為我屬於被這傢伙選上的那邊。

「有我的交涉技巧、人脈和政治才能，再加上你的點子以及熱情和行動力，我覺得早晚有機會執掌整個同人界呢。」

「呃，想執掌那些的話，你應該加入活動籌辦會……」

沒錯，這就是伊織的本質。

這傢伙會參與同人活動，並不是為了享受或推廣喜愛的作品。

軟。

伊織只想利用人氣作品提高本身的地位。

雖然那樣對待作品倒還不至於沒有愛，但是要將作品用於賺錢或聚集群眾，他簡直是毫不手軟。

「我們這些消費者只要愛作品就行了吧？根本不必特地和製作成員私下攀交情呀！」

我對著臉上依舊露出輕笑的伊織提出這番強力言論。

「……霞之丘詩羽那件事你又怎麼說？」

於是，後頭那個金髮用了只有我能聽見的超小聲音，冷不防地發動了反擊，但我現在沒心思應付她的吐槽。

「有交情不就能讓臉上增光嗎？而且對方說不定還會特別給自己一些方便。假如能拿到他們畫的圖，你覺得如何？那可是了不起的資產。收藏起來遲早會增值，也可以當成釣其他大角色的餌。好處多多吧？」

「不要用那種骯髒眼光看創作者！你會玷汙他們！」

伊織大概是要挑釁我。

重逢的情景變得這麼糟，他在心裡也能從容接受。

「當粉絲的就應該含蓄啦！」

即使如此，我不會也不需要像他那樣從容。

「即使寄了信，也不巴望對方回應；就算成為活動或演唱會的常客，也不該隨便向對方攀談。哪怕對方親切地找自己講話，也絕對不要自作多情；送昂貴禮物自然不成體統，貪圖和對方混熟當朋友或進一步深交更是愚不可及。平時只要默默守候作品，買到書及精品就感到滿足——那才是我想當的粉絲……！」

沒錯，問題不在於有沒有做到。

時時把這種精神放在心裡才是最重要的！

「……我覺得你那只是同類相斥耶？」

「ERYYYY！！！」

於是，面對再度從背後來襲的替身攻擊，我用了十七個綽號之一反擊。

「伊織，你的作法錯了。」

總之我無視了找麻煩的吐槽，並且和伊織拉近距離，這次我只注視著他開口。

……這麼說來，記得以前我們在活動中也這樣爭論過，結果就受到了某個類別的女生們熱情注視，讓我心情變得很微妙。

不對，別回憶那些亂七八糟的事情，談正題啦。

「如果你以後想從工作方面接觸這個業界，那樣思考當然可以。或許那對你來說才是一份好

工作。不過，我們還是高中生吧？」

沒錯，伊織做的事情，已經大幅超出我們這些小孩的能耐了。

所以他絕對會在某個部分走偏。

「我並沒有做什麼會被逮捕的事耶。」

「既然這樣，你為什麼都不和出海說？說你自己做了什麼！」

瞬時間，伊織的動作停了半餉。

儘管擺在臉上的笑容沒消失，但是他確實有了反應。

「總歸來說，不就是因為你對現在的自己感到羞恥嗎？伊織，你怎麼解釋！」

是的，出海並不知道。

對於伊織的真面目、權力，還有我們分道揚鑣的事，她都不知道。

「我做的事情，你別和我妹妹提起好嗎？畢竟我得顧及身為哥哥的形象嘛。」

那就是我第一次被邀到波島家時，我們兩個所做的唯一約定。

「你將出海拉到這個圈子時，我有點心慌就是了……」

不論在出海覺醒成御宅族之後，甚至是我們也吵架決裂後，就只有有那項祕密依舊守得好好的。

因此出海到現在，仍然以為伊織是個「稍微受女生歡迎，不過略偏御宅族的部分讓人覺得有一點遺憾的哥哥」。

「不過，就算你要向出海爆料，事到如今我也不在乎了喔。」

「伊織？」

然而，伊織對於我們之間留下的最後一道羈絆，態度卻輕率得像是對待印刷廠一開始表明的送印截稿日。

「畢竟出海在這個圈子，和我並不會牽扯上關係。」

「你那是什麼意思……」

「哎，以家人而言我很重視她，不過以同人創作者來說，就有點……」

「什……」

出海在這次的夏COMI，攤位編號是「東館04a」……

那裡不是「牆際」或者「準牆際」，當然更不是「邊角生日席」，而是屬於徹頭徹尾的島塊區。

基本上，那一區和暢不暢銷無關，算是讓該類別同好交流的場地。

伊織這傢伙，碰上和御宅族有關的事，連親妹妹都要用暢銷度排等級啊……

他真的已經將靈魂賣給惡魔啦……

「那我差不多要回去了。今天只是來打招呼。」

「是喔……」

惡魔……不對，波島伊織說著笑了出來。

和之前絲毫沒變，既輕浮又表面，根本看不出感情的笑容。

「哎，反正近期內……八成還會在御宅族掃貨時彼此碰面吧。」

「少亂講。我就算在Comiket又碰到你，也不會再和你說話。」

是的，結果我們並沒有辦法再一次理解彼此。

所以，已經沒什麼好說的了……

「我有聽說喔，關於你組了同人遊戲社團的風聲……好像是個坐擁外掛級原畫和劇本的夢幻陣容嘛？」

「………等一下，你怎麼會知道那些？」

我那感傷的情緒，伊織只用一句話就輕易摧毀掉了。

而且連我後頭的英梨梨也足足倒抽一口氣。

「倫也同學，那實在太棒了，所以我才沒辦法從你身上別開目光。你總是能想出任何人都料不到的有趣點子……那是我始終不及你的部分。」

「我在問你問題，是誰告訴你那些的？」

伊織他掌握著理應沒有任何人知道的祕密……這種驚人的情報收集力，是我始終不及他的部分。

「但是很遺憾，你那個點子會礙到我……你和我果然受了命運的擺布，一場愛恨衝突或許是避免不了囉。」

「呃，我們會衝突的只有恨而已。」

那種會讓某類別女生心喜的「愛」，我才不需要……

「你的眼光之遠實在令人欽佩……我幾乎要把安藝倫也當成光源氏了呢。」

「那是什麼鬼比喻啦！」

伊織搬出來的比喻對象，別說連一丁點誇獎之意都沒有，在御宅族眼裡根本只是個戀童癖，

然而在大受動搖的我後頭……

「波島……你該不會……」

「英梨梨？」

有個傢伙卻顯得比我還動搖。

……難道我是戀童癖，會讓她受到那麼大的刺激？

「嗯，向妳委託工作的確實就是我。不過寄信時只用網路代名而避用本名，這一點我們算彼

此彼此吧，柏木老師？」

結果似乎和我想的理由完全不同，太好了。

不對，一點都不好……

「伊織，原來你知道柏木英理就是英梨梨……？」

伊織的驚人情報收集力還有後續。

一次都沒有在自己攤位露面的創作者底細，他是怎麼查出來的啊？

「在那邊的紫之上，就是你發掘栽培出來的吧？而且還是從她小學時就開始了。」

「等一下！當時我也是小學生，所以我並沒有戀童癖！」

「欸，倫也！為什麼你否定的偏偏是那一點啊？」

於是乎，頂多只有體型可以聯想到紫之上的神祕同人創作者，在開炮時仍然和平常一樣不分敵我。

「慢著，波島！你那是誤解！我才不記得自己被這種不會畫圖又沒文采，以創作者而言根本半點用處都沒有的廢物栽培過……！」

「以事實來說確實是那樣沒錯，但我覺得妳也用不著損人損得那麼鉅細靡遺吧？」

還有她對自己人反而比敵人更不留情，這樣對嗎？

「姑且也跟倫也同學拜個碼頭好了……你們社團的原畫師，『rouge en rouge』也向她委託工作了喔。」

「『rouge en rouge』……？」

然而，伊織並沒有糾結在那些個人話題上，從口袋掏了名片以後就硬塞給我們兩個。

「其實我們的社團，有計畫在下次冬COMI推出美少女遊戲。目前正好要找原畫師。」

「你們的社團……」

「嗯，現在社團由我率領……哎，雖然是前任代表讓我接棒的啦，這個第二任的位子算輕鬆撿來的。」

屬於同人投機客的御宅族都有強烈顯示慾，立刻就會替自己印名片呢……先不講這些惹人嫌的事了。伊織那番話蘊藏的情報，足以讓我這種弱小社團的代表直打哆嗦。

「rouge en rouge」……

只要是常跑Comiket的參加者都知道，那是從十年前，攤位就一直被配置在閘口前的怪物社團。

類別、販售品以及創作者都五花八門。本子、遊戲、音樂ＣＤ、普遍級、十八禁、二次創作、原創內容……他們從來不會讓粉絲感到膩，而且也不會脫離潮流。如今已經可以說是形同企業的巨大組織。

社團創立者是每出單行本必定熱賣、而且擁有多部動畫改編作品的超紅漫畫家兼原作者——

紅坂朱音……

對了，第一次參加Comiket時，在伊織幫忙介紹的名人中就屬她最讓我緊張。

當時紅坂朱音也很疼愛這傢伙，結果不知何時就把社團交給他照料了……

「為什麼……你為什麼要特地從我這裡挖角啊？」

這不是把英梨梨形容成達〇維達的時候了。

沒有人想到，連更上頭的西〇大君（註：電影《星際大戰》中的西斯大君）都會冒出來吧。

「這很難懂嗎？我相信你的眼光。紅坂朱音不在以後，比起我們那些成員，你更值得讓人信任。」

明明現在就已經紅翻了，他還想讓社團爬得更高？

而且，還非要找英梨梨幫忙抬轎……

「話說倫也同學，你別把自己的班底看輕成弱小社團喔。」

「咦……？」

「出一款有柏木英理和霞詩子參與的遊戲……這可以對多少方面造成衝擊，你總不會沒發現吧？」

「這個……」

「你可是那項企畫的製作人喔，你可是準備震撼業界的布局者喔。」

我想用春天認識的女生當女主角，製作一款作品。

只是碰巧將熟識的作家安插進來，才會組成這種陣容。

然而對外界來說，我的私人因素根本和他們沒有關係。

「倫也同學，別忘了……不管再怎麼披著貓皮賣乖，你和我一樣是隻老虎。」

伊織輕浮的笑容，顯得毫不留情。

明明口氣平緩，那些話卻不是普通的刺人。

「我們終究是在虎之穴培育出來的猛虎御宅族喔。」

「不對！我才不像會賭氣瞪向星星的你！」（註：動畫《虎面人》主題曲裡的歌詞，「賭氣瞪向星星」）

我才不會認為能熱賣就好、或者有人氣就好……

「不，我們是一樣的喔。再怎麼說，你和我都沒有任何一項身為創作者的才能。可是我們都想在御宅族業界向上爬。這不叫投機分子要叫什麼？」

「唔……！」

我明明沒那麼想，卻無法對伊織攤牌的態度反擊。

我無法用扎實的信念否認。

「好久沒和你較量了，倫也同學……」

「伊織……」

「來較量吧，看是你那剛組成的社團夠格擁有柏木英理，還是我的『rouge en rouge』才配讓她散發光芒。」

夏COMI即將於數週後開幕的七月下旬……

我們的社團還沒有啟程出航，就先被意外來到的夏日風暴翻弄了。

第三章　劇情很難想就讓主角變廢

「午安～～」

「喔～歡迎歡迎，加藤。隨便坐。」

「嗯，打擾了～～」

時日經過，終於到了八月第一週。

蟬鳴、以及促使其鳴放的陽光和熱氣都越發猛烈，現在是下午兩點。

在這種該去海邊或游泳池，或即使發生現充系劇情事件也不奇怪的時期，加藤來到了冷氣開得夠強，卻十分不適合女生在夏天造訪的地方。

……照實說的話就是我的房間。

東拉西扯以後，結果社團在暑假期間的活動據點，就是方便穩當的安藝家。

「好久不見～～澤村同學。」

「嗯……」

雖然上次也一樣，第二次到我家的加藤，露出一副放鬆得完全感覺不出是來男生家的態度，也和已經先來工作的客人親暱地互相打了招呼。

……唉，儘管那個先來的客人，本來就一副不把這裡當別人家的模樣，事到如今我也不打算吐槽那些了。

所以囉，英梨梨理所當然是穿平時那套家居服（體育服），還甩亂一頭沒梳理的金髮，占據在我的書桌和原稿搏鬥著。

相對地，加藤穿了偏短的奶油色洋裝（記得那好像叫長罩衫？）配熱褲，總是會搭一頂帽子的她，今天選的是草帽。

呃，將今天的地點和目的考慮進去，要談到她們哪邊比較不懂看場合，這倒是個會產生歧見的部分……

此外，身為另一個成員的詩羽學姊表示她今天不來。

學姊執筆的劇情原本就是用郵件形式寄來的，況且進度也非常順利，所以她判斷今天沒必要專程來這個狹窄的房間人擠人。

只不過，詩羽學姊打電話聯絡這件事時，有句話讓我挺在意的。

——「除了倫理同學以外沒別人的話，我倒是會去。」

呃，學姊，那樣以社團活動而言不太會有進展吧……？

總之，聯絡這聯絡那以後，今天就是由我們三個人進行社團活動。

活動內容則是圖像方面……主要是替類似加藤的第一女主角造型作最後定稿，還有為遊戲的主打視覺稿決定構圖。

「唔哇，澤村同學好努力……我想看我想看。」

「啊，加藤，妳別看那邊比較好……」

照理說，是會引起好奇沒錯啦……

「呀啊啊啊啊～～！」

「所以才叫妳別看嘛……」

結果，我制止得太晚，加藤目睹了還沒塗掉敏感部位的無修正線稿，連忙用指縫大開的雙手捂住臉，猛盯著透寫台看。

另外就構圖內容而言，有個穿體操服的女生被綁在放體育器材的倉庫，無從抵抗地正讓好幾個男人把白濁液噴到她身上。

「等……等一下！我沒聽說要脫衣服耶！」

「放心吧，加藤，那不是遊戲的原畫。那是夏COMI的原稿。」

「啊，這樣喔……應該說幸好嗎？」

一知道那個被凌辱的女生並不是自己（當藍本的角色），加藤滿快就恢復冷靜了，說來說去，她的眼睛還是遲遲離不開原稿。

此外，英梨梨筆下那個女生，是上一季播放的動畫《雪稜彩光》的第一女主角，天女羽衣。之前，英梨梨畫過附屬女主角「渚麻里子」和主角大放閃光的同人誌，趁著這次夏COMI出新刊，她似乎想將《雪稜彩光》這部作品在心裡好好做個消化……對女角的愛落差也太大了吧。

「對不起喔，加藤同學，我一直想在今天早上拚完，但是工作排得有點緊……這些再一下就能完稿了。」

「啊，我是不介意啦……」

「倫也！最後一頁墨線上完了，幫忙掃圖！」

「收到！我把這邊處理好的傳過去，麻煩做最後檢查。」

「……畢竟安藝當助手都當得這麼理所當然了。」

加藤無心間的數落，在她本人沒有注意時其實讓我挺受傷的，但是這不能說出來……

唉，現狀確實是我這個社團代表出了紕漏沒錯。

即使我直到前一刻才知道有這種狀況，原本是應該對英梨梨說之以理，要她照當初講好的，將社團活動優先於夏COMI原稿才對。

然而，現在卻不能讓英梨梨的夏COMI原稿進度耽擱。

這不只是為了英梨梨，也是為了我們社團好……

「好久沒和你較量了，倫也同學……」

「來較量吧，看是你那剛組成的社團夠格擁有柏木英理，還是我的『rouge en rouge』才配讓她散發光芒。」

那時候，我並不太了解伊織所說的意思。

之後我拿到Comiket場刊，看了攤位配置圖，心裡的疑惑才煥然冰釋。

柏木英理率領的「egoistic lily」，是分配在第三天的東A27b。

然後波島伊織率領的「rouge en rouge」，是分配在第三天的東A28b

偶然（？）鄰攤。而且兩邊都是分到牆際的人氣社團。

可是那並不代表雙方對等。

人氣社團和超人氣社團之間無從彌補的差距，從攤位就隱約可見。「rouge en rouge」的東A28b，代表在靠牆區當中，只有一小撮社團才能分到的閘口攤位。

要買到閘口攤位的社團商品，就得專程到會場外面排隊。

為什麼這樣安排？因為主辦單位料到排隊的人龍會拖得老長。

……伊織那傢伙早就知道攤位是這樣分配。所以，他才說要和我較量。

這次夏COMI，他打算從英梨梨的攤位旁邊，清清楚楚地秀出人氣度差異，好讓我們受挫。

「倫也，聯絡印刷廠的部分……」

「那個由我來做，妳快替本子寫後記。」

「嗯……不好意思喔。」

所以，唯有這次，說什麼都不能將英梨梨在夏COMI出本的優先度排到後面。

畢竟這已經算是我們社團活動的一環了。

嗯，英梨梨這邊就照這樣進行就可以了……

「狀況就是這樣，抱歉。在我們忙完以前，加藤妳先玩遊戲打發時間吧。」

然後呢，現場又發生了多一個成員沒事可做的新問題。

「總覺得來這裡，結果都會演變成這樣耶。哎，我是沒關係啦。」

不過面對那項問題，加藤一如往常地淡然接受了。

她這種個性真的讓人感激得掉淚。等我目前幫忙弄的本子完成以後，絕對要獻一本給她……

不對，這是男性向十八禁本。

「那妳想玩哪一款遊戲？我看就接著上次的進度，這次換成攻略隱藏角色伊〇院（註：電玩遊戲《純愛手札》的隱藏角色伊集院玲）……」

「對了，我有一款滿想玩的遊戲耶，可不可以改玩那個？」

「……這樣啊！」

不料，加藤的發言頗為積極，讓我語氣雀躍得像是發現抓到的生物能吃下肚的固○。（註：電玩遊戲《潛龍諜影3》中，主角固蛇覓食求生的場景）

「所以妳想玩什麼，加藤？這裡是美少女遊戲樂園。古今中外的女主角都迫不及待地等著妳告白喔！」

「啊～～不過，今天我們採取玩遊戲時不吐槽的方針好不好？再說，要以澤村同學的原稿為優先嘛。」

「這樣啊……」

不料，加藤的主張頗有道理，讓我語氣沮喪得像是發現抓到的生物不能吃的大塚○夫（註：電玩遊戲《潛龍諜影》系列中，為固蛇配音的大塚明夫）。

「那麼，既然可以選的話……你這邊有沒有《小小戀情狂想曲3》？」

「咦……？」

「咦……？」

結果，加藤那讓人稍感意外的要求，讓兩句回應莫名其妙地重疊了。

「加藤，妳說的《小小狂想3》……」

「嗯，就是出海提過的那個遊戲。感覺她和你一樣，談遊戲談得好開心，所以我冒出了一點興趣。」

「這……這樣啊……」

我完全洩了氣，只能用根本不像○蛇（配音：大○明夫）的反應回話。

呃，雖然加藤的要求是挺妥當的啦。

倒不如說，那對現在的我們來說，肯定是最合時宜的遊戲。

可是……

「呃，其實我還沒有買三代耶。」

「對喔，再說那本來就不是美少女遊戲，而是女性向遊戲。」

「一代和二代我是有啦……」

「啊，那我玩一代好了。唔，反正要玩的話，還是從源頭開始比較好對不對？」

我沒看著加藤，而是朝自己的書桌那邊瞥了一眼。

於是，在書桌那裡，英梨梨正若無其事地……不對，她集中於畫稿的著魔模樣根本心裡有鬼……

「了解，不過這款遊戲比較老，妳要忍耐一下。」

因此，我忘掉了微微體會到的虧心感，開始在遊戲架上翻找。

「我不會在意那些啦。誰叫我根本不懂新的遊戲強在哪些地方。」

「……也對喔。」

這麼說來，我第一次讓加藤玩的遊戲，從上市到現在差不多快二十年了……

※　※　※

『哎呀……抱歉，妳沒事吧？有沒有受傷？』

『沒想到會有活潑的姑娘突然從樹叢冒出來……是不是代表我修行得還不夠呢？』

「唔……唔哇……」

遊戲啟動後過了三十分鐘。

一開始，加藤對於輸入姓名和屬性的部分還有些困惑，但是在跑完教學劇情；進入遊戲序章以後，她總算逐漸找回玩遊戲的手感了。

『……先不提那些，能不能請妳下來呢？從我的腿上。』

「呀啊……感覺好難為情耶，全是這麼肉麻的台詞。」

然而，目前加藤對遊戲的反應並不是很理想，倒不如說，出海熱情訴說時造成的餘悸，似乎

還留在她身上。

『是嗎，原來妳叫做惠啊。嗯，以後請多指教。』

……心有餘悸是一回事，但妳突然就用本名玩遊戲啊，加藤？

『嗨，惠！今天天氣不錯，要不要到哪裡玩呢？』

「唔哇，居然有人來邀我約會了……」

「哪有什麼居不居然……約會就是這個遊戲的目的吧。」

跑完序章，日常生活的劇情事件開始出現，在遊戲中差不多過了三個月。

之前只會打招呼的幾位女主角……不對，幾位男朋友的反應慢慢改變了。

「話是沒錯啦，怎麼說呢？應該說是我還不習慣被男生邀約。」

「是那樣嗎？」

遊戲時間快要超過一個小時了，加藤的反應卻還是不太心動。

雖然在現實生活中，我們才講了三十秒的話，她就答應和我去喝茶了。

「玩美少女遊戲的話，某種程度內我還可以把那些女生當朋友相處，換成這個就會意識到他們是異性耶。」

難道這代表我不會讓她產生異性的意識？

或者說，和二次元角色比起來，我的存在反而位於螢幕更深處嗎……

「對了，這不是讓你對遊戲吐槽的時候吧，安藝？」

「啊～～好好好，我的手有記得繼續工作～～」

說著，我一面觀望加藤那某種意義上顯得青澀的反應，一面替掃描好的原稿圖檔去雜點……

『什麼嘛，惠？我來邀妳還被拒絕啊……傷腦筋。』

「欸，加藤！妳幹嘛突然拒絕掉約會？好感度好不容易才拉起來的耶！」

「受不了，之前累積的努力都泡湯了。我看錯妳了，加藤同學。」

「你們兩個專心處理原稿啦……」

『呵……妳還是喜歡這種孩子氣的事，惠。』

『不過，我對妳那種部分……呃，沒事。』

「唔……」

「有感覺了嗎？妳的心有沒有揪了一下？」

「……安藝，拜託你顧著原稿就好。」

「不要緊，我負責的部分只剩一點。」

回答時，我操縱滑鼠的手依然沒有閒著。

實際上，我手邊這些原稿，感覺再不到一個小時就可以修完了。

而且，加藤玩的劇情正要進入佳境。

「嗯～我還是有點害羞，不過好像慢慢習慣了耶？」

「習慣以後，那似乎會變成快感喔。」

「…………」

「可是，真不虧是暢銷作耶。有好多種角色，台詞也相當豐富，而且每個角色說的話都完全不同。」

「受到好評的遊戲，在那些環節上就是不會敷衍了事啊。」

「…………唔。」

「還有，聲優們的演技也在很多地方推了一把。雖然讓人害羞的部分會更加害羞，著迷以後還會起雞皮疙瘩呢。」

「年輕人和老手都配得很好啊。重要的是角色分配得絕妙，製作這款遊戲的工作班底，真的講究到一種……喂。」

「…………咦？」

說著，我朝後面轉頭，就看到有個穿體育服的金髮女已經完全離開書桌，還探身直盯著遊戲畫面……

「澤村同學……」

「少打混，快點畫原稿啦。」

「我也是再一下就可以忙完了嘛！」

『好美的煙火……』

「…………」

「…………」

「…………」

然後，遊戲終於來到了離結局只剩一個選項的場面。

畫面上出現煙火的大聲音效以及光影斑駁的演出效果，中央則有主角和男友彼此相望。

『惠……聽我說。』

『接下來，我有件事情非告訴妳不可。』

「…………」

「…………」

「…………」

已經沒有人在工作了。

所有人，都守候著畫面中男性的一舉手一投足。

『如果妳覺得ＯＫ，就像平時那樣，讓我看妳最棒的笑臉。』

『還有，要是妳不肯接受……就告訴我，是煙火的聲音吵得讓妳沒聽清楚剛才那些話。』

「怎……怎……怎麼辦啊，安藝……我怎麼回答比較好？」

「別問我啦，惠！」

「誰……誰叫他……他這樣很沉重耶。對方是認真的喔！」

「美少女遊戲和女性向遊戲，基本上都會發誓要永遠相愛的吧。」

「可是，我們還是高中生耶。」

「妳不要突然逃回現實好不好！」

加藤似乎到最後還是拂拭不了害羞，有些臉紅地將操控器拋開了。以玩家來說那真是糟透了，但是難點在於那反應還挺可愛的。

「澤……澤村同學……是妳的話會選哪邊？接受嗎？還是拒絕？」

「都叫妳不要推給別人決定了……？」

「…………」

結果，當我們鬧哄哄地把氣氛破壞得差不多時……

唯有一個人，還沒從螢幕中回來。

「澤村同學？」

「喂……」

「咦……？」

何止心沒有回來，好像連眼睛都……

「唔！啊，啊～這個……是煙火啦！對，煙火的光芒太刺眼了！」

呃，明明就沒有人吐槽妳的眼睛吧。

難道這就是不打自招？

「這款遊戲的演出效果太過火了嘛！我眼睛被閃得有點痛，換成現在就算被勒令禁止發售也不奇怪。」

呃，到了這年代，我覺得看起來挺虛的就是了。誰會被這種畫面效果閃得癲癇發作啊？

「提、提到煙火……欸，加藤同學，下個月要不要來我家看煙火？」

「咦？……咦？」

以英梨梨來說，這話題轉移得不太自然。

平常的話，她明明會隨便發個脾氣呼攏過去，現在卻變得亂客氣的，像是在掩飾害臊。

「妳想嘛，我們這一區的煙火大會！不是和夏COMI最後一天湊在一起嗎？」

「啊～～對喔。」

英梨梨也不用特意這樣掩飾吧。

以前我們被遊戲感動到哭的次數，早就數也數不清了……

「我們家的陽台，是煙火大會的特等席喔。每年親朋好友都會聚在那裡聊天看煙火。」

「喔，好像很愜意耶～」

為什麼她的反應會和平常差這麼多？

不對，為什麼這點小事，會讓我覺得這麼不對勁？

「對呀，非常愜意喔。大家都會來，所以加藤同學也來參加吧？」

「這樣啊，我那天晚上也沒有別的事情……」

果然是因為……

「……慢著，英梨梨。」

……當我的思緒正在打轉時，不知不覺中她們已經聊起天大的事情了。

「怎樣，倫也？女生講話不要來插嘴啦。」

「不，那可不行……加藤，妳被騙了。」

「咦？我被騙了什麼？」

「而且你還講別人壞話，不要這樣好不好！」

英梨梨大概不是刻意的，正因為如此，這個陷阱才顯得凶猛。

「不然我問妳，英梨梨……妳們家的聚會邀了什麼人？」

「咦？」

「妳剛才說的『大家』，都是些什麼人？」

「當然就是……熟人啊。很多都是全家人和我們有來往的吧。」

「哦，例如說？」

「呃……比方駐日英國大使、還有外交次長一家人……」

「恕我不能奉陪喔，澤村同學。」

嗯，果然沒錯……陣容和十年前一樣。

『就這樣，惠的故事結束了。』

『不過，幻想都市艾爾鐸利亞的故事仍會繼續。』

『接下來又會有另一名少女……是的，就是妳，將開啟這個世界的大門。』

「…………」

「…………」

「…………」

畫面上秀出製作成員名單，片尾曲開始播放。

結果，加藤最後做的選擇是……呃，現在別提那種不識趣的事好了。

「……好了，我玩的遊戲告一段落囉。」

「啊，我這邊的工作也快結束了。」

「我也是。」

「在那之前，太陽是不是快下山了？」

「是啊。」

「是呢。」

如加藤所說，窗外的夕陽已經在不知不覺中準備隱沒了。

看向時鐘，不知不覺地就過了七點。

嗯，玩一輪花五個小時，還算不賴的遊戲速度。

「所以，我應該怎麼辦才好？」

大概是遊戲剛破關的感動所致，加藤用了一副比平時更淡然的表情望著我。嗯，她一定是在努力克制感動的情緒。

「這個嘛，總之還需要花一點時間，妳要不要洗個澡？」

「……果然是以過夜為前提？」

「咦？妳打算睡覺嗎，加藤同學？我不確定會不會那麼快完成喔。」

「啊～沒有，我不是那個意思……話說連澤村同學都抱著過夜的認知啊。」

加藤發出了讓人不太懂用意的嘆息，然後慢吞吞地打開自己的包包。

「對了，安藝。今天你父母人呢？」

「他們放了略早的暑假，去杜拜旅遊一個星期左右。」

「哇～～你家人真會行方便～～」

「就是啊，他們都只顧自己方便，想到就煩。」

「拜託，我不是那個意思……嗯，算了。那我先洗澡囉。」

「啊，另外，我想趁現在叫外送的晚餐，吃披薩可不可以？」

「不要全都是肉，麻煩點一個蔬菜比較多的口味。啊，還有澤村同學，我又要借妳的名字當不在場證明了，應該可以吧？」

說著，加藤用莫名機械化的動作，從包包裡拿出了換洗衣物和成套盥洗用具，然後就匆匆離開房間了。

她有什麼無法釋懷的部分嗎？

※　※　※

「…………」

「…………」

七點半，加藤下樓去了浴室，這裡頓時只剩沾水筆和鍵盤的聲音。

男女兩人組之間不可能觸發結夥下去偷看的事件，總覺得留在房裡感覺有些氣氛微妙。

「…………」

「…………」

英梨梨來這個房間，是下午一點半。

那之後，我們立刻進入夏COMI原稿的繪製作業，緊接著加藤就來了，其實今天我還沒有和英梨梨單獨說過話。

……呃，其實從結業典禮那天以來，我們就沒有單獨說過話了。

「……欸。」

「怎樣？」

「沒有……」

「…………」

雖然對加藤是有點過意不去，但我一直在等待可以和英梨梨獨處的這個時間。

因為我有事情非問英梨梨不可。

而且有兩項。

「欸，我說啊。」

「就問你怎樣啦？」

「就是～總之呢，那個……」

「…………」

我會像這樣遲遲開不了口，有兩個理由。

其中一個理由是，我至今仍在猶豫要從哪件事開始問。

另一個理由是，我覺得不管怎麼選，她回答的內容都有可能毀掉現在這種關係。

……呃，我執著於和英梨梨之間這種相敬如冰又緊繃的關係，在旁人眼裡看來或許很奇怪。

即使如此，和七年前的那天過後相比，目前這種可以鬥嘴的狀況，對我來說只能形容成天國而已。

「『rouge en rouge』的邀請，妳打算怎麼辦？」

可是，永遠將結論延後的我才不像我。

所以我抱了決心開口。

問出兩項事情當中的，一項。

「那聽起來很吸引人。」

「……對啊。」

英梨梨的眼睛沒有離開原稿，換句話說，她回答時不看我。

所以，我看不出她是什麼表情。

「本子的賣量，大概可以比現在多一倍，聽說他們還會派助手給我。而且要是得到紅坂朱音看重，在商業領域等於保證會成功。」

「嗯……」

紅坂朱音的作品，並不僅限她自己畫的漫畫，由她提供原作腳本給其他繪師而大紅的模式，也多得不勝枚舉。

過去就有幾個負責作畫的創作者藉此得到了成功，不過那些人其實都是從「rouge en rouge」出來的。

「英梨梨，妳接下來想要怎麼做？」

「你問的接下來，是指……？」

「要繼續畫同人，或者進軍商業領域——要將畫畫當興趣，或者視為工作。」

簡單說，隸屬於那個社團以後，何止能在商業領域出道，那根本就是出人頭地的機會，這在業界已經成為常識了。

而現在，英梨梨的眼前，就懸著那空前絕後的大好機會。

「還有，妳追求的是哪種高度……是Comiket的閘口攤位嗎？還是累積銷量突破一千萬部？

還是推出柏木英理三百冊全集？」

「最後那個推出時，我是不是已經死了？」

只要是有點上進心的繪師，不做那樣的選擇才匪夷所思……

「假如妳，有那種打算……」

我好不容易下的決心，在這時候又停住了。

畢竟我越是思考，越覺得對英梨梨最好的選項只有一個。

為了完成我的夢想，要是現在讓英梨梨脫隊，肯定會傷透腦筋。

可是，為了完成英梨梨的夢想，又該……？

「……結束了～～！」

「……咦？」

當我舉棋不定地像個在網路上被噓爆的廢物男主角時，一旁的英梨梨忽然開朗大叫。

「夏COMI原稿完成～～！好啦，立刻來畫遊戲用的主打視覺稿。」

「咦？……咦？」

往書桌一看，同人原稿在不知不覺中全收拾完了，取而代之的，是從桌面一路散亂到床上的大量同人遊戲設定書。

「倫也！我要提神用的咖啡……保險起見，我先說清楚不加砂糖！」

「英……英梨梨……」

電光石火的手腳，快得連要吐槽「才一瞬間也搞得太亂了吧！」都不管用。

※　※　※

「嗯～這個構圖也不太對味……下一稿。」

「好快！」

當我到樓下沖好咖啡回來時，已經有三張草稿散落在英梨梨身邊。

其間，只有短短五分鐘……跑去偷窺也絕對不可能在這個時間內得逞吧？

「再說模特兒不在，下筆還是會稍微變調。」

「不對吧，妳畫風超穩的……」

即使拿掉在地上的三張草稿做比較，也都沒有一絲走樣。

三張圖的臉孔，無論給誰看都能認出是相同角色，但是卻沒有任何一張擺著相同表情，各有其巧思。

體型也是，明明姿勢完全不同，肉感和骨架都協調得無可挑剔，連外行人都能看出來。

儘管如此，只要看過她以往的同人誌，一眼就會明白那並非俗稱的「判子繪」。（註：判子

在日文中是印章的意思。判子繪則是用於諷刺畫任何角色，長相都像同一個模子刻出來的畫風）

能身兼當紅同人作家和美術社好手，果真不簡單。

這樣當然會被「rouge en rouge」看上了……

「要怎麼畫才能用這種速度，畫出這麼工整的畫風啊……？」

「總之可以減少線條做簡略的部分，我就會簡略。」

於是，我從英梨梨後面探頭看了她作畫的瞬間，明明是草稿，她幾乎用一筆就能畫得像線稿一樣。

她腦袋裡究竟是如何構思圖像的……？

「我真的很想問耶，妳怎麼學到這種畫技的？」

「唔～～這算才能吧？」

「……嗯，我明白了。」

實際上，要到達這個境界，應該得付出相當程度的努力和時間。

不過從英梨梨的個性來想，她八成一輩子都不會提到自己下的苦心。

「可是，能畫得這麼快，為什麼妳老是在衝截稿的死線？」

「要說的話，我大部分都是卡在編劇情。」

「啊，原來如此……」

「提到那一點，霞之丘詩羽簡直怪物嘛……畢竟她能用那種步調交出那個水準的遊戲劇本。而且還是和輕小說同時執筆。」

「偶爾妳也在本人面前這樣講一下吧……」

「死也不要。不對，就算當遺言我也不要。」

「是喔。」

哎，雖然在我看來，兩邊都是怪物啦。

英梨梨會衝死線，但絕對不會把原稿放掉。

何止如此，她也不會用鉛筆稿或草稿敷衍了事。

墨線一定要上完，彩稿非得徹底完工。

畫得快、畫得好、簡潔俐落。

真的，先不提個性，在能力方面實在讓我佩服。有這傢伙當同伴真的太好了。

……不過正因為如此，我才會看到一項事實。

這傢伙的作風，非常適合「rouge en rouge」。

簡潔的線條，和作畫分工制十分合拍。

對於作畫速度快、編劇卻腳步緩慢的作家來說，有了原作者等於如虎添翼。

說不定，伊織那傢伙就是看出了英梨梨那些特質……

「……倫也。」

「嗯？」

結果，在我又要發揮廢物男主角屬性的當頭。

終於畫好第五張草稿的英梨梨，不知不覺中正凝望著我。

「先告訴你，夏COMI之後的活動，我一場都沒報名喔。」

「咦，為什麼？」

以平時每個月都會參加活動的英梨梨來講，步調會減緩成那樣，實在讓人難以想像。

「畢竟今年只剩冬COMI而已了……再說，社團又不是我一個人的。」

「啊……」

但仔細一想，我現在交給英梨梨的難題……

沒錯，作業量這麼大，她不可能兼顧每個月要參加的活動。

「我說的社團，當然不是指『rouge en rouge』喔，你懂嗎？」

英梨梨的藍色眼睛，使壞似的微微上揚了。

「你跟得上嗎？」、「你能不能將我運用自如？」——她如此對我挑釁。

所以，我……

「當然……懂啊……！」

「你還是一樣自信過剩。」

「我可沒有妳那麼嚴重。」

我非得回應她的眼神。

回應被我剝奪了自由的英梨梨。

回應被我找來製作頂級遊戲的她。

「再說他們就算要挖角，波島來就免談。紅坂朱音本人親自出面的話，倒是另當別論啦。」

「等一下，妳別講那種聳動的話！剛才那句話萬一被伊織聽到，那傢伙真的會把紅坂朱音找來耶！」

「啊哈哈，是他的話確實有可能。」

「哈哈，哈哈哈，妳好過分～～之前明明是同學耶～～」

「你跟他本來不也是好朋友嗎～～」

之後，我和英梨梨一起笑了。

兩個人都莫名亢奮，還笑得打滾。

我們一直笑到加藤回來，讓她露出了十分納悶的臉色。

從社團成立到現在……

不對，我們已經有七年沒有一起開懷大笑了。

隨後……

※　※　※

「嗯，剛洗完澡的紅潤肌膚很上相！加藤同學，接下來換躺到床上。」

「像……像這樣嗎……？」

「啊～不對，腳再開一點，來個像是辦事過後的表情！」

「辦……辦事過後？等等，再開的話會走光啦。」

「那妳用左手遮著胯下好了。啊，但是必須遮得要露不露的感覺！」

「唔……唔咦？」

「啊～不過以整體來說，還是希望能多露一些耶……欸，加藤同學，上衣可不可以稍微脫掉一點？」

「這……這是普遍級遊戲吧？」

「不要緊，我只畫一張而已！很好，很好，開始來勁了！」

「妳未免太來勁了吧！」

呃，算了，不提那些多餘的事情……

結果，合宿勉強在沒有延誤進度的情況下結束了，我們幾個即將往夏COMI推進。

然而那時候，我和英梨梨都沒有醒悟。

不對，是那個瞬間太高興，使我們不去正視。

橫越於我們之間最大的問題、以及最深的陰影，就這麼被推遲了。

第四章 同人創作者都作過這種夢對不對？

「看吧，加藤……這裡就是東京都江東區有明三—一一—一，東京BIG SITE。」

「為什麼特地連地址都提？」

「呃，我沒想太多。」

走出臨海線的國際展示場站以後，先別往下看，只要抬頭一望，就能看見有座形狀難以描述的建築物聳立於眼前。

是的，要形容的話那就像凱歐斯的頭部……呃，所以我才說難以描述嘛。（註：凱歐斯是怪獸特攝片《卡美拉》系列中的敵方怪獸）

八月第二週的星期六早上，萬里無雲，搭以會場的熱氣，可以想見白天會有多酷熱。

而今天是Comiket的第二天。

接續昨天，對我來說是二度參戰；加藤則是初次造訪BIG SITE。

另外，昨天我一個人搭臨海線的頭班車，搶先突擊西館四樓的企業攤位，得到了各式精品、本子、免費發送物。

話雖如此，目前還得為參加冬COMI籌措資金，預算比往年吃緊許多，因此回家檢視戰利品時就變得非常冷清了。

……出生到現在，我也許是第一次收集那麼多免費發送物。

沒辦法，不能花錢實在太空虛了……

「不過，雖然我也聽說過……但是六天場購物中心的顧客人數，的確和這裡沒得比耶。」

將目光從遠方建築物轉到近處的廣場，連特地去數都嫌費事的人、人、人全擠在那裡，根本不可能數得出來，以各方面而言都呈現出戰場般的樣相。

「沒得比的可不只人數而已。最值得一提的，是活動開始後那訓練有素的陣仗。」

「是哦？」

「是啊，儘管有這麼多人擠在這裡，但每次都沒有出現什麼嚴重的傷患喔。可以說找遍世界也沒有其他像這樣的活動！」

「哦～～好厲害呢……」

「……不過，由於要忍耐和硬撐的要素太多，有一大群人會把身體搞垮就是了。」

「啊，跟你在六天場購物中心時一樣？」

「不對，我那是在其他方面硬撐的關係……算了，就當我是軟腳男吧。」

「啊～～抱歉抱歉。但是你不用介意那些喔，上午的部分不用。」

「上午的部分……？」

「好了，那我們走吧。這個隊伍要從哪裡開始排？」

就這樣，加藤依然故我地把聊到一半的話題隨便拋開，匆匆擱下我就往會場那邊走了。

每次介紹加藤的打扮也變成慣例了，今天她穿的……首先是袖口部分蓬蓬鬆鬆（那好像叫作泡泡袖）的白襯衫，加上藍色的所謂的喇叭裙；還有大熱天的，卻圍了綠色圍巾（之後被她訂正是領巾）；另外腳下則是赤腳配涼鞋，穩當得一點都不像Comiket裝備的女生裝扮。

帶著這種彷彿會在街上出沒的普通女生走動，與其說我是參戰Comiket的御宅族，感覺更像跑來嘲笑Comiket的現充……把我炸掉好了。

「話說回來，人真的好多喔……總覺得等所有人進場完畢，活動也就結束了。」

「不，據說在晴海舉辦時確實有過那種時期，不過從種種失敗中學到經驗後，主辦單位屢次改善，現在大致都可以在中午前讓所有人進場喔。」——就算談到這些冷知識，加藤大概連十分之一也不能理解吧，所以先不管那些了。

「不要緊，加藤……我們今天不用排在這條人龍後面！」

於是，我亮出上個月[第一章]拿到的那張票券。

這正是Comiket的社團入場證。

原本是為了讓報名社團的人在開場前，做好擺攤賣本子的準備，才會有這種能比普通參加者先進場的票券。

然而，有些情況下並不是把這個用來準備攤位。也有人會利用這種門路，先將人氣社團的本子買到手，因此專以此為目的的空包社團相當猖獗，網路上更有人高價買賣入場證，這類濫用主辦單位好意的參加者簡直層出不窮。

是的，這張票券簡就像……

「啊，你那是優先通行證囉。」

「不是！」

就算我心裡那麼想，聽別人說出來也不得不否認……

※　※　※

「你來了啊，學長！」

「畢竟收了票，我就是社團成員啦。」

接著我們前往的，是莫名其妙已經在東側大廳閘口前排好的隊伍……不是啦，我們照著社團入場券印的編號，來到了東館04a的「Fancy Wave」。

在那裡，有上個月和我感動重逢的年幼型女角……不對，有波島出海正急急忙忙地收拾桌上的傳單。

「呃，妳好……還記得我嗎？」

加藤從我後面探出臉，低頭打了招呼。

然後出海一看到加藤，立刻露出笑容……

「學長的女朋友也來了！謝謝妳過來捧場！」

「那個，我……」

「嗯～～對方那樣解讀啊……」

對角色薄弱的加藤來說，能被別人記得就算是萬幸了，不過被人那樣子添加屬性就還挺糟糕的。

「……怎麼辦，安藝？我和你在一起，感覺是第一次被別人那樣看待。」

「就是啊，畢竟對方是國中生嘛，對人事物還沒有看得太深。」

「你的分析讓我不知道該表現出放心，還是該擺微妙的臉耶。」

聽了我和加藤這種平淡無比的對話，出海陪笑歸陪笑，頭上卻明顯浮出了「？？？」的符號。

於是，像是在顧慮擺出那種表情的出海，加藤也浮現笑容，一邊跑去婉轉地糾正出海。

「呃，妳那樣叫我，會讓一些人產生微妙的反應，所以叫我的名字就可以了。」

欸，所謂的「一些人」是誰？我跟加藤以外還有誰會起反應？

「好……好的，我明白了，加茂學姊！」

「…………呃～～」

「嗯～她把妳叫成那樣啊……」

對角色薄弱的加藤來說，能被別人記得就算萬幸了，不過果然還是有敗筆。

「可是我記得，安藝你一開始也出過類似的狀況。」

「等等，我是叫妳加納啦。妳不覺得和加茂比起來還算接近嗎？」

我和加藤又冒出絲毫感覺不出情趣的對話，出海對此顯得……趁我分析的空檔，加藤趕忙用笑容對著出海說：

「我叫做惠……可不可以叫我的名字，出海？」

「好……好的，惠學姊！」

嗯，很像加藤的作風，適切而不出差錯、又為對方做足面子的收尾方式。

可是這樣的話，出海就會完全把加藤記成海鷗組……加茂惠了耶。（註：日文的「海鷗組」和「加茂惠」同音）

「好啦，那我們開始準備吧！有事情儘管吩咐，出海。」

「啊，要是有辦得到的事，我也想幫忙。」

如此這般，問候告一段落以後，我立刻捲起袖子並搬起攤位底下擺的紙箱。

「不用了啦！你們太費心了。哪有讓客人幫忙工作的！」

「這裡沒有客人，所有人都是參加者。」

「我不是那個意思耶，學長。」

說著，出海從我手裡一搶回紙箱，就迅速拆了包裝，從裡頭將本子陸陸續續拿出來，然後在長桌鋪好桌巾、將那些疊到上面，再把寫著「一本五百圓」的標價擱在本子上……

「好了！準備完畢！」

她很有精神地宣言。

「……這樣就好了？」

「嗯，大家辛苦了～！」

……其間只花三十秒。

準備周到、手腳靈活、以及運來的本子數量少，三者合力促成的奇跡性成果。

「呃，那……那我們幫忙賣本子……」

「啊～那也不用費心喔，我一個人就夠了。」

「這樣嗎？」

「是的，畢竟以往賣得最多的一次，是《小小狂想3》剛上市時賣出的五十本。」

「……這樣嗎？」

「不過這次我一得意就印了一百本……因為五十和一百本的印刷費沒有差很多，我忍不住就印了。」

「…………這樣啊。」

我明白出海說的這些，其實是很普遍的事。

我也明白參加Comiket的社團近九成都是這種調調。

只不過，伊織……也就是她哥哥指揮的社團，一天內的銷量，搞不好就比疊在這裡的本子多一百倍。

想到那一點，我無論如何都……該怎麼說呢？

「畢竟出海在這個圈子，和我並不會牽扯到關係。」

「話不是那樣說的吧，伊織。」——沒錯，我無論如何都想這樣反駁。

難得妹妹可以和你在同一個圈子面對面。

她明明正用稚嫩的腳步追在你後頭。

但為什麼，你卻不肯對她伸出手……？

有家人成為同好，換作是我會有多高興啊。

我從小一直看著英梨梨家的伯父伯母，都不知道羨慕了多久。

「可是，在這裡有比銷量更重要的東西。」

「咦？」

「因為來我的攤位的人，都會和我聊很多很多話喔！那讓我非常高興。」

「有……有這麼棒啊？」

然而，出海根本忽略了抱著難過想法的我，還眼睛發亮地大談起來。

「嗯，《小小狂想》真的有好多熱情粉絲！他們都是有想法不吐不快的人，來攤位以後可以連講個三十分鐘停不下來喔。」

「那真是……嗯，好熱情耶。」

「而且，聊天時還會有別人突然加進來，兩旁社團也會跟著插話，攤位周圍完全變得像茶會一樣……根本沒空賣本子呢，啊哈哈。」

「那些事情……讓妳那麼開心啊。」

「嗯！像我說的那樣，那些人每次活動都會來攤位上，幾乎每個人的臉我都認得！」

像這樣看著出海的表情在眼前變來變去，每張表情卻都顯得很開心，會讓我覺得自己之前所抱持的微妙心情，根本是庸人自擾。

嗯，就是說嘛，這才是同人精神呀。

同好之士聚集在一起，傾訴彼此對作品的喜愛，盡情談個痛快。

沒必要操心本來就無意追求的銷量。

何止如此，我和伊織只顧社團的挖角問題以及靠銷量較勁，爭執的部分和作品全然無關，和出海一比真是太丟臉了。

用那麼扭曲的觀點和人聊嗜好，也沒有用嘛。

「這樣啊……這樣啊！出海妳好厲害，來找妳的都是深度粉絲！」

「討厭啦，那些人不是我的粉絲，而是《小小狂想》的粉絲才對喔。」

「對……就是說啊，嗯！」

欸，伊織……好好高興一番吧。

儘管你八成不知道，但你的妹妹和你不一樣，她長成了正直的御宅族喔。

「不過那樣的話，我們變得沒用處了。怎麼辦，加藤？」

「嗯～～我本來就沒有目標，怎樣都好喔。」

攤位兩三下就擺好了，離開場前還有三十分鐘以上。

原本打算今天一整天都幫忙賣本子、出貨、埋在紙箱堆中，並且聲嘶力竭地到處奔走的我，以某方面來說算是所有行程都吹了。

不對，在會場裡請勿奔跑～～

「哪裡會啊！學長才不是沒有用處！」

「咦？」

「咦？」

然而，對於我開玩笑的自言自語，出海似乎頗不能接受，還變得有些淚眼盈眶地瞪著我。

「因為學長有來啊。我只是學長三年前朋友的妹妹，學長光願意來我的攤位，我就非常幸福了！」

「唔……沒有，那個……畢竟……加藤妳說嘛？」

「呃，要我搭話也很困擾耶。」

畢竟拿了入場券，我也決定全程參戰Comiket，來熟人的社團打招呼更是理所當然的禮貌，再說……

也許在現在的出海面前，那些Comiket的常識都沒有什麼意義。

「因為學長……倫也學長對我來說，是特別的……」

「出……出海？」

「啊……」

說著，淚眼汪汪的她落下了一顆淚珠。

……真是古道熱腸。

「萬一沒有學長，我現在就不會站在這個地方。我就不能靠著《小小狂想》，從人生脫離正軌了……！」

「我懂了，我懂了啦……妳冷靜下來。」

於是，我從口袋裡拿出昨天到手的《夏稜彩光》角色方巾，然後遞給出海。

「……我覺得那個『萬一』的人生路線，本來會是規規矩矩的耶。」

還有我對加藤從背後發出的真實推特發文心聲，暫且不打算理會。

「所以囉，學長……學長只要待在這裡就可以了。今天一整天，學長只要肯讀我的本子、留在我旁邊說話，然後一直帶著笑容守候著我就可以了喔……！」

「唔，嗯……對喔。」

「呃，出海，妳將我誤解成安藝的女朋友了對不對？不然妳這種態度是什麼意思？」

「這只是對學長的仰慕之情吧。妳不要亂臆測啦。」

「安藝，基本上你和『受崇拜的學長』這種字眼，實在湊不起來耶。」

「妳從剛才就想找碴嗎？」

奇怪，今天的加藤，角色怎麼變得有點鮮明了？

※　※　※

「哦～……呃，好單純的本子呢。嗯，我對這個很有好感喔。」

「……妳是以白色作底色，再用基本的版面配置做統整吧。」

「對不起，我的本子都白白的……因為我沒有時間畫封面。」

總之，在攤位前的特別劇情事件結束了，館內再過十分鐘就要開場，緊張感開始高漲。

先不管那個，兩旁社團看著我的眼光，從方才就相當刺人……

唉，我剛剛惹哭過眼前的女生，現在又在兩個女生伺候下，大剌剌地坐在女性向社團的島塊區，說起來這樣的男生不讓人起疑才奇怪啦。

不過算了，現在先來看出海這本讓我期待已久的新刊吧。

我在出海旁邊的椅子坐下，興奮地翻起她的同人本。

那麼，她究竟完成了什麼樣的本子呢……？

「我還要再說一次對不起……途中就變成鉛筆稿了……」

「那種事情，在後記寫個一行道歉就好啦。」

基本上，如果大家都得為那種紕漏道歉，這個會場就要讓謝罪和要求賠償的聲音淹沒了。

「之前，我不是去見過學長嗎，那一天是送印的截稿日喔。所以那時候，我其實因為徹夜沒睡的關係，都昏昏沉沉的……」

「咦，那不是大約一個月以前嗎？」

「是沒有錯，怎麼了嗎？」

「沒事……」

英梨梨的本子，都會輕鬆拖到八月才送印就是了。

再糟一點，我也知道有幾個社團會拖到離活動只剩一個星期，然後才鍥而不捨地拚送印。

呃，像出海那樣，就是印量少的社團在出本時的辛酸吧。

印量越大截稿日越晚，是印刷業界的七大不可思議之處呢……

「唔，這種部分，只要自己能樂在其中就好了！」

結果，出海對那樣的逆境毫不氣餒，還元氣十足地握緊拳頭。

嗯，從原稿裡，確實也能感受到她畫得樂在其中。

「雖然我開始做同人誌才一年，但真的有好多好多愉快的事，我也希望以後能和興趣相同的人長久交流。」

她的畫也一點都不差。甚至完成度高得看不出是印量一百本的社團。

只不過，關於內容……

呃，雖然那絕非讀不出趣味啦。

像分鏡之類的部分，用心得實在讓人佩服就是了。

「不過因為我是以主角為重心，即使在相同類別裡，同好也滿少的呢。」

「哦～明明是戀愛遊戲的書，主角太搶戲卻不行啊？」

於是，在攤位前翻閱出海本子的加藤，提出了那樣的疑問。

或許那一點，和我們這些喜歡美少女遊戲的男生，在感性上確實有些不同。

「呃，惠學姊，喜歡女性向遊戲的女生中，會將主角當成自己分身的人並不多喔。」

「是那樣嗎？」

「嗯，要說的話，她們會另外想像自己和男角色的互動。」

「原來如此，所以主角就變成自己的情敵了。」

哎，雖然也有女生會去想像男角之間的配對……像那種狀況就不太一樣，而且在更主流的創作類別很常見。

「從那個角度來看，我算少數派呢。我喜歡補完遊戲的世界觀、還有劇情。」

「嗯，那我可以懂……妳將背景畫得好細緻喔。」

的確，背景也是精雕細琢。

出海的本子，完成度比我想像得更高。

「還有，我無論如何都會強烈表達出，想讓主角和男朋友幸福的想法……所以才賣不好就是了，啊哈哈。」

「啊，那我也能懂耶……因為當主角的女生，被妳畫得好可愛。」

「謝……謝謝學姊！能聽妳那麼說，好值得喔！」

……欽佩的時光稍縱即逝，可惜像出海預先招認的，就快進入鉛筆稿的頁數了。

角色和背景，全用鉛筆畫得密密麻麻，和前面的頁數從印刷黑度就不同。

那些鉛筆稿更是和英梨梨的互為對比，用了繁雜的鉛筆線條做修飾，讓讀者搞不清楚該以哪些線條為準。

真可惜，到中途明明還很努力的，完成度卻從這頁開始就下滑……

「…………咦？」

「對了，我之前也有玩這個遊戲喔。在安藝的房間。」

「咦，是喔？那我們都是小小狂想者了！」

「……先不管小小狂想者是什麼意思，我稍微玩過一代。」

「出海。」

「哇～好好喔……其實我沒有玩過一代耶～當我迷上的時候，已經買不到可以玩一代的主機了。」

「……哎，在安藝房間能玩到兩個世代前的遊戲還比較奇怪啦。」

「出海……」

「我一直在等它推出新主機的重製版就是了……好好喔，惠學姊、惠學姊，妳玩到的是誰的結局？」

「啊～那個……他是叫什麼來著？」

「艾拉爾？瑟畢斯？吉亞士？還是辛弗努大人？」

「咦，呃……妳不是沒玩過嗎？出……」

「出海！」

結果在那個瞬間，由於我吼出來的關係，不只是聊得熱絡的兩人，連左右攤位和周圍的聲音都頓住了。

雖然我沒辦法辯解這個場面……但現在，我也只能這麼做了。

「倫也學長……？」

「安……安藝？呃，你沒事吧？」

她們倆都用擔心的目光望著我。

可是，那也是沒辦法的事。

因為我現在，大概已經變得汗流浹背了。

……唔，這以待在夏COMI會場的御宅族來說根本不稀奇吧，這姑且不提。

「出海……剛才，妳說妳開始報社團是幾年的事？」

「嗯，總算才滿一年喔。之前我只會買本子……」

「妳用一年，就畫出這個了？而且是獨力畫的……？」

「沒有啊，畫一冊本子實在花不了一年喔。大約一個半月左右吧？」

我不是那個意思……呃，雖然她講的也很重要啦。

「哎，花了那麼多時間還交出未完成品，我真是沒救呢，啊哈哈。」

「…………」

「安藝，你真的沒事嗎？」

聽完出海的回答，我還是渾身起雞皮疙瘩，嚴重得連加藤都無法漠視。

我也明白，自己的心跳正越來越快。

這什麼啊？這本子到底怎麼搞的……？

伊織，你給我說說看，這是怎麼回事啊……

「欸，出海……」

我拚命克制住狂跳的心臟，也克制著湧上的情緒，故作冷靜地朝出海開口：

「讓這個本子賣完的話，會不會有問題？造成話題的話，妳會不會排斥？」

「……咦？」

「妳是不是覺得，和粉絲聊天的時間比賣本子重要？沒有人氣是不是比較好？」

「倫也學長……？」

「……賣不掉，是不是比較好？」

要是讓旁人聽見，大概會覺得我那些胡言亂語根本就不知所云。

……不對，連我自己都稱為胡言亂語的時候，肯定就是不知所云了。

證據在於，出海迎面承受我那超認真的激動目光，已經愣得一副不知道該怎麼辦的樣子。

「啊，啊哈……」

即使如此，過了一會以後，她的表情慢慢、慢慢地放鬆開來……

「啊，啊哈哈，啊哈哈哈哈！」

到最後，出海忍不住噗哧大笑，並且吐露出心聲：

「哪會啊～學長，才沒有同人作家會覺得賣不掉比較好啦～」

「真……真的嗎？」

「當然囉～！製作同人誌，自己能覺得好玩、有趣、開心，要是順便也賣得出去的話，那當然是最棒的嘛！」

「那麼，妳並不討厭被讀者捧囉……？」

「根本來說，本子要是賣得掉，可以聊作品的人不是會變得更多嗎？那樣我當然再歡迎不過了！」

「所以說……賣掉也可以？」

「剛才提的那些，如果要從中選出最重要的一項，我只是覺得好玩排第一而已。」

已經，得到她的允諾了……

「要說的話，也不是沒有一絲絲……替本子賣不掉找藉口的意思啦，啊哈哈。」

那麼接下來……只剩採取行動了吧。

「加藤！」

「嗯～？」

於是，當我朝加藤那邊一轉頭，剛才她擔心的模樣全不見了，正閒閒地把玩著智慧型手機。

在這種訊號接不通的地方用手機，她還真不死心。

「抱歉！我離開一下！閉館前我絕對會回來！」

「學……學長……？」

「唉～～……好啦。」

從椅子起身的我，準備要離開攤位；出海不知所措地目送著我；加藤目送我時則是從一開始就不打算做任何事。

出海那張交雜著疑問和難過的臉，讓我有些心痛，但現在有更重要的事。

這對她，肯定也一樣重要。

「還有這個！」

「咦？」

「再賣我一本！我的分！保存用的！」

最後，我在桌上擺下五百圓，然後衝刺離開東館。

目的地是……最近的一間金〇快印！（註：指在全球開有分店的金考快印）

「就～～說～～了～～不要用跑的～～！」

「對不起～～！」

……我一面對籌備活動的工作人員低頭賠罪、一面盡可能地快步離去。

※　※　※

「好的，找你五百圓。謝謝惠顧。」

「…………」

「出海」

「…………」

「出海？」

「咦？啊，學姊，有什麼事？」

「五百圓硬幣剩得不多了，還有庫存嗎？」

「啊，要硬幣的話，我錢包裡還有……」

「那麻煩妳和千元鈔換一下喔。」

「好的……」

「來攤位的人變得滿少了耶。」

「說的也是呢……」

「哎，畢竟快要過中午了。」

「…………」

「而且，今天來聊天的客人也不多。大概是因為我們這邊的氣氛吧。」

「他們不叫客人，是參加者才對……」

「……妳那種堅持，果然是安藝教出來的呢。」

「……欸，惠學姊。」

「怎麼樣？」

「倫也學長是去了哪裡？」

「誰知道呢。我想應該是會場外面吧，不過去哪裡就不太清楚了。」

「妳不會在意嗎？」

「基本上，沒被在意的是我。」

「啊，妳有點生氣？」

「哎，不過我想他就快要回來了。」

「可是，學長不是有其他事情要辦嗎？看他離開得那麼匆忙……」

「根本來說，安藝目前是為了妳才會那麼拚命。」

「……學姊怎麼知道學長的想法的？為什麼學姊那麼相信他？」

「呃，不是那樣，因為我根本不相信他，才會知道他的想法。」

「啊，妳又有點生氣了？」

「那個……」

「嗯？怎麼了嗎，出海？」

「惠學姊……妳真的，是倫也學長的女朋友嗎？」

「不對喔，我是第一女主角。」

「……那是什麼意思？」

「我也很想問清楚，真的。」

※　※　※

「抱歉！我回來晚了！」

結果我再次回到BIG SITE東館，是在剛過下午一點的時候。

「學……學長……！」

連周遭在內，攤位已經變得門可羅雀，出海再次帶著半哭的表情迎接我。真是情感豐富。

「啊，你回來了。」

然後，加藤也還是隨手把玩著智慧型手機，看都不看這邊地迎接我。真是平淡。

但我現在，反而該感激她那種淡定主義。

畢竟冷靜一想，真虧她沒有氣得回家。我也太會耍任性了吧。

「欸，加藤，妳擅不擅長勞作？」

「唔，普通吧。」

「不好意思，來幫個忙。」

本來聽到那種回答，大多是手藝並不普通的套路才對，但加藤肯定只是老實回話而已，這麼期待的我回到了攤位裡面。

「倫也學長，呃，那個到底是……？」

於是，出海看著我兩手捧得滿滿的東西，貌似不安地開了口。

「對不起，借我用一下攤位。真的對不起喔～」

不過，面對那種理所當然的疑問，我現在連回答的空間也沒有。

明知會造成困擾，我還是將手裡的東西在攤位島塊內整個擺開。

第一個吸引住目光的，是Ａ２尺寸的木製看板。

其實，直到前一刻，看板上面還貼著和這區社團完全不同類別的圖。

……這玩意兒是我向剛才完售的牆際社團借來的。

「加藤，來這邊一下，把紙攤平！」

接著，我打開肩膀揹的海報筒，然後抽出裡頭的Ａ２尺寸大紙張，把那交給加藤。

「可不可以幫忙把那張海報，對準貼在這塊看板上？啊，妳拿上端那邊。」

「所以，你準備做什麼？」

「賣本子啊，這還用說？」

「呼嗯。哎，那好吧。」

說完，加藤還是一副興趣缺缺的樣子，但她盡可能細心地將紙逐步攤開，並且蹲著將那對齊在看板上面。

「啊，這個是……」

「唔……唔哇……等一下，學長！」

隨著紙張逐漸攤平，上頭的圖像一進到加藤和出海眼裡，如我所想，她們倆分別給了不同的回應。

加藤有點吃驚，出海則顯得相當難為情。

「為……為什麼偏偏要選這些部分？」

「哪些部分？」

那是將出海的同人誌放大後的影本。

雖然說，普通會用封面圖來做看板的海報，但畢竟這次的本子只有白底加標題，封面內容簡樸得要命，故不採用。

所以，我從本子剪了幾個場景來拼貼，精心做出這張出自安藝倫也手裡的劇情摘要海報。

而且呢……

「誰叫學長貼的都是未完成的頁數！」

沒錯，我只貼了本子後半部，那些讓出海覺得不好意思的鉛筆稿。

「未完成？妳說這些？」

然而，我不顧心慌意亂的出海，公然把完成的看板海報高高舉了起來。

「欸，加藤……這很棒吧？」

「真的耶，虧你能影印得這麼精細。」

「呃，我不是……」

的確啦，我將剪下來的圖紙重新掃瞄過一次，再變更解析度、調整濃度，印刷時也重複摸索了好幾次喔。

所以才花費這麼多時間喔。

可是，我現在想強調的並不是那些部分啦……

「我開玩笑的啦，嗯，畢竟這幾頁是畫得最棒的。」

「惠學姊……？」

也許是我的心理作用吧，但加藤也驕傲地仰望了海報上刊載的那些畫。

「出海！本子還剩多少？」

「啊，呃……大約還有…六十本左右吧？」

這樣的話，上午頂多只有賣掉四成嗎？

普通來講，想在下午衝銷量是根本不可能的事，不過……

「那麼，目標是再過一小時就完售。」

「學長……？」

會發生不可能的事，正是同人販售會的醍醐味吧？

※　※　※

「來來來～～請大家參考看看～～！」

「歡迎各位指教～這是《小小狂想3》的本子～～！」

於是乎，後半場挑戰開始了。

成員和前半場做了替換，策略也做過更動的這場挑戰，才剛開始三分鐘，立刻就創造出機會了。

路過島塊區前面時，明顯只把這裡當成通路的男性參加者，看了高舉在眼前的看板，頓時停下腳步。

面對那張不管怎麼看，都顯得異類的鉛筆稿海報，他一開始是以奇異的目光看待，慢慢走近之後，就那麼凝視了片刻。

接著，他看到攤位前那疊封面全白的本子，又是一副納悶的表情。

經過些許猶豫，他終於拿起本子翻閱了。

不過，最初的反應也不理想，他交互比較起看板和本子的內容，逐頁翻了過去。

我懷著祈禱般的心境，猛盯著對方那些舉動。

再幾頁，再幾頁……

只要能撐到後半的頁數……

於是，間隔幾拍以後，那個男性的反應有了變化，應該說，他翻頁的力道正明顯變強。

霎時間，我也緊握拿著看板的雙手。

男性翻頁的速度越來越快。

不料，他突然又回頭看起前面的頁數，將本子重讀。

緊接著，看到他臉越來越紅，我心裡痛快得不得了。

……居然和我第一次讀這個本子的反應一模一樣耶。

所以，這場勝負肯定……

「不好意思，我買一本。」

「謝謝惠顧～！」

看吧，我們贏了。

一開始，我是從出海的話裡聽出端倪。

她說過，「每次來的人她幾乎都認得長相」。

最初，我以為那是靠《小小狂想》這個類別聚集來的讀者。

不過，並不是那樣。

畢竟小小狂想的粉絲不可能少到只有十幾個人。

假如他們的眼光是放在小小狂想這個類別上，同性質的本子，在島塊區放眼望去俯拾即是，

因此他們不可能笨到特地留在特定攤位長聊。

那就表示……

他們的眼光，是在《小小狂想》這個類別裡，進一步聚焦到「波島出海」這個作家身上了。

沒錯，她的本子有超越類別的購買吸引力。

相反地，是不是喜歡小小狂想的人就會買？這倒難說。

畢竟就像出海自己說的，她在這個類別中走的是少數派路線。

所以，除了專程來到小小狂想島塊區的讀者以外，還必須抓住其他人目光。

要達成這個目標，首先本子已經是白色封面、又沒有展示樣本，這根本不像話。

即使攤位上可供試閱，連本子都無法讓人拿起來的話就甭提了。

這個本子得經過試閱，不對，進一步說好了，要讀到後半頁數才能抓住人心。

反過來說，如果能誘導到那個關卡，接下來根本無法想像會滯銷。

「咦……四本？呃，你要買那麼多本嗎？」

「啊～～難道有限制本數？」

「不會，才沒有那種事……」

「不好意思，每個人限購兩本！」

「咦，學長……？」

「啊～果然是這樣……那我買兩本。」

「那個，為什麼現在才突然規定……」

「妳看看後面吧，都排成那樣了！」

「咦……」

「唔哇……有人付萬圓鈔耶。怎麼辦，安藝？」

畢竟，這個本子到後半實在太驚人了……

角色和背景，全用鉛筆畫得密密麻麻，和前面的頁數從印刷黑度就不同。

那些鉛筆稿更是和英梨梨的互為對比，用了繁雜的鉛筆線條做修飾，讓讀者搞不清楚該以哪些線條為準。

然而完成度和前半一比，何止沒有下滑……

那些繁多的鉛筆線，讓角色輪廓立體得彷彿從紙上浮現出造型，再搭以熱情過頭的勁道。

還有故事也是，推進到後半以後，劇情張力就高得非比尋常。

尤其最後五頁特別誇張。

賣力程度和前半部徹底失衡。

作畫的人肯定來勁到連自己都控制不住了。
倒不如說，明明連封面都沒畫，內容卻描繪得這麼充實是怎麼回事？
先不管以作品而言是好是壞，以商品而言根本無法成立。
只畫了想畫的東西，表面上該強調的要素全擱到一邊。
應該說，出海製作這個本子時，八成什麼都沒想吧……

所以問題來了。
想將這些本子賣掉的話，該怎麼做呢？
答案很簡單……只要當眾揭露「厲害過頭的後半本」就行了。
我做的事情就那麼簡單。
然而……

「非常抱歉，本子完售了！」
「真的……真的非常感謝各位！」
只做了那麼簡單的一道手續，剩餘的六十冊，僅僅三十五分鐘就賣完了。
現場留下幾十個排了隊伍卻沒買到的人。

※　※　※

伴隨著耳熟的「咚」一聲，可樂掉在自動販賣機的取物口。

從東館閘口來到外頭，周圍坐著大群確認戰利品的戰士們，熱鬧喧嚷依舊。

下午三點，差不多買完東西的普通參加者開始往食物小販聚集，差不多沒東西賣的社團參加者則開始往宅配櫃台聚集。

我打開可樂的蓋子，將那一口氣灌進喉嚨。

「唔哇，溫的……」

不過在這個時段，要期待這個地方的自動販賣機的飲料夠冰，果然是一項錯誤。

為了避開陽光直射，我移動到外圍牆角，靠著那裡的白色水泥牆仰望天空。

太陽正在西斜，不過夏天的暑氣和這座會場的熱氣，感覺仍未散去。

「……呼。」

不對，不只是因為夏COMI的關係，今天的我也相當熱切。

為了賣掉一冊本子，我奔走過多少地方、和時間奮戰得有多激烈呢？

沒想到送印以後，還會碰到這麼緊迫的驚險場面。

哎，不過成果比付出的努力要高，也碰到了超棒的本子，最重要的是，我甚至重獲了新的寶物。

真的，我有多久沒有在讀完同人誌以後，變得那麼心動啊……

「你做了多餘的事呢，倫也同學……」

當我用溫可樂獨自舉杯慶祝時，不知不覺中，煩人的傢伙已經和我一樣靠在這堵牆上了。

唉，雖然我也覺得他八成會來找我。

「伊織……你才扯了大謊吧？」

「什麼意思？」

「什麼叫『以同人創作者來說，就有點……』，你想想自己怎麼講的吧！」

「嗯，以同人創作者來說就有點太天才了，這是我對出海的看法。」

「你這傢伙……」

「哎，她琢磨得還不夠啦。毛病太多了。」

詭譎論調一如以往地令人反胃，不過聽完伊織對出海的評價，我仍然心安了些。

畢竟，那幾乎和我的評價相同。

「真讓人嫉妒呢……我從十年前就是御宅族精英，然而卻這麼容易就被三年前受到壞男人拐騙的輕度御宅族超越了。」

「原來……你對創作還有留戀？」

「沒有，絲毫不會喔。要我耗費心靈創作東西，那種不合效率的差事太討厭了。」

「那你就別用那種憂愁的口氣啦，少混淆視聽！」

原本我好不容易才感慨地以為：「啊，這傢伙也吃了不少苦。」

還有「壞男人」是指誰？這世上有比你更壞的男人嗎？

「唉，既然已經嶄露頭角了，那也沒辦法。遲早要讓她從《小小狂想》畢業，挑戰各種類型才對，我本來就這麼打算。」

「然後等蓄勢完畢，就讓她在『rouge en rouge』光鮮出道？」

停留在現在那個類別，出海要比現在更紅確實有難度。

我也覺得那對她來說、還有對遲早要接觸她的作品的讀者來說，都是一種不幸。

「不過呢，現在不是時候。我原本想讓她更輕鬆一點地創作就是了。至少再輕鬆個兩、三年。」

「哎，也對啦，畢竟出海還是國中生。」

「為了這點，我才想替『rouge en rouge』找個撐場的人選。」

「撐場……喂，你該不會……！」

那就是英梨梨的定位……？

「當然，即使說是撐場，我仍然可以保證那是成為人氣作家的捷徑喔。我並沒有輕忽她的意思。」

「不過，你那樣做……」

表示伊織只是想仰賴那傢伙目前的實力，絲毫不打算栽培她。

「柏木英理已經近乎是完成品了，以她的資質而言，這你應該是最清楚的吧。」

「那個嘛……」

明白歸明白，可是我……

我不願去想像，當事人聽到那些會怎麼想。

「倫也同學……我本來對你很有好感就是了……」

「夠了，你不要再說了！別靠近我！」

「……不，我覺得講完才能釐清誤解，所以這話要繼續說下去。我本來對你有好感，但現在有點討厭了。」

他一邊說，臉上依然露出輕浮的笑容……

不過，對我的語氣確實變得尖銳了。

「結果，你將出海拖進了社會的驚濤駭浪。她才國三而已呢。」

「無論有沒有我，遲早都會這樣。有那種才能只是時間的問題，」

「然而，原本她還可以再當一陣子賣不好的同人作家，只讓少少幾個熱情信徒追隨在後，過著和平的日子」

「重要的是能讓多少人讀她的作品吧？批評會使作家成長吧？」

「然後，你就要她暴露在網路那些充滿嫉妒的中傷之下？她崩潰了要怎麼辦？」

「從中將她保護好，是製作人……當大哥的責任吧？」

「……或許是呢。」

沒錯……像出海這樣，除了創作才能以外沒有其他後盾的作家，正需要一個優秀的製作人。

而且，正因為親人當中就有適任者，我今天才敢放手將出海推銷出去。

咦，怎麼搞的……原來我一直都信任這個傢伙？

回神的我偷瞄旁邊，伊織依然嘴角上揚、仰望著天空。

那就算了，這傢伙不只皮膚白，還一點都不會流汗耶……

為什麼這種視覺系的溫文型男，會對御宅族業界懷抱龐大野心啊？

「好了，明天是活動第三天……終於要一較高下了呢，倫也同學。」

沒錯，明天是第三天。

伊織的「rouge en rouge」將和英梨梨的「egoistic lily」臨攤較勁的日子。

「我和『egoistic lily』並沒有關係耶。哎，即使如此英梨梨還是會贏。」

「那不可能喔，運來的本子數量差太多了。」

「我才不關心銷量那種無意義的指標。用內容來分勝負。」

「那要怎麼定基準？」

「沒必要定吧。」

「什麼意思？」

「無論銷量落後多少，我們都絕對不會受挫的意思。」

就算本子賣不掉，好玩就行了、開心就行了。

今天，有個人讓我想起了那種不屈不撓的心，無厭的上進心。

所以我不能輸。

「哎，總之我會期待明天的。」

「她這次的本子也畫得很出色喔。雖然是凌辱系啦。」

「那真讓人感興趣，我非得入手不可。啊，當然不是用交換的，我會乖乖付錢買喔。」

「不，你不能買吧，未成年人士！」

※ ※ ※

「唔……噫……啊哈哈，嗚～～～……！」

「啊，你回來啦，安藝。」

「……我回來了。」

我回到攤位時，出海還在哭。

我就是受不了這種氣氛，才用休息當理由逃走的。

「學……學長，學長……倫也學長～～～！」

「啊～好了好了，差不多可以鎮定下來囉，出海。」

「可是可是，本子賣得這麼……這麼……嗚～～～」

在那齣戲劇性的完售劇碼結束幾分鐘後。

出海手腳靈活地收拾掉桌上的文宣及桌巾、也收完行李，和擺攤時一樣，兩三下就做好撤離的準備了。

然後，她再次坐到椅子上，對眼前空曠的桌面凝望半餉……大粒的淚珠隨即滴滴答答地落在桌面，接著人就放聲哭了出來。

「第二天活動差不多要結束囉，帶著那張臉不方便離開會場吧？」

「會嗎？這周圍有滿多模樣誇張的人公然到處走耶？」

「多餘的吐槽可以免了，加藤……」

在出海旁邊，沒像我一樣溜走的加藤始終都留在攤位，現在依然用溫柔的目光守候著出海。

「從我開始畫同人，從來沒有像今天一樣……這麼高興……！」

「出海……」

其實不只加藤而已。

兩旁和對面社團的人，從剛才也就一直滿臉竊笑……不對，他們都用溫馨笑容關注著這邊。

而且本子完售時，連沒有買到的人也跟著拍手祝福，島塊區這種和牆際或外圍不同的氣氛，

我好久沒有接觸到了。

真的，這也是同人活動的醍醐味。

嚐到這種滋味後，就會欲罷不能呢……

我們陶陶然地放鬆度過結束前的短暫時光，結果……

「倫也……？」

「咦？」

朝聲音傳來的方向望去，那裡有個穿著陌生打扮的人。

鬆垮垮的吊帶褲搭配無圖案的白T恤。紮得緊密的頭髮用大尺寸帽子蓋住，臉上則戴了黑框眼鏡。

那身裝扮十分適合這個會場，但我總覺得，和那個人物簡直不搭調到絕望的地步。

然而，不久後我的疑問就煥然冰釋了。

那是因為，對方用帽子蓋著的頭髮，髮際稍微擠出了一點……

「英梨梨？」

「咦，澤村同學？」

是的，全靠從中露出的金黃色澤，才道出了眼前人物的來路。

澤村．史賓瑟．英梨梨……偽裝後的模樣。

隱性御宅能掩飾得這麼徹底，反倒讓人覺得快意。

「你怎麼……會在這裡……？」

「呃，妳才為什麼會來啊？」

「我……我是來……就那個嘛，來看攤位擺設的狀況。」

「喔，這樣啊……？」

一瞬間，我差點接受那套說詞，腦子裡卻留著些許不對勁的感覺。

要再過一小時，明天的攤位才會開始擺設。

而且我記得英梨梨的社團是在東1……和東5這裡根本不同館。

「那你和加藤同學，怎麼會來？」

「啊，妳看，我們是來幫她……幫忙出海的社團啊。」

「咦……？」

說著，加藤輕輕將手擺在旁邊的出海頭上，而英梨梨看著她們那邊，貌似有些訝異地睜大了眼睛。

「咦……是澤村學姊嗎？唔哇，謝謝妳過來看我！」

「波島……出海……同學。」

出海的眼睛還紅紅的，不過一知道來者是英梨梨，她仍然盡心露出了微微笑容。

「是喔……你們兩個，都在她的攤位幫忙啊。」

「出海很厲害喔。她帶來的本子，全部都賣完了。」

加藤又摸了摸出海的頭，像是在替她說話。

「我才不厲害呢……我根本還不成氣候！」

於是，彷彿會癢的出海搖頭甩開加藤的手，一面還用淚中帶笑的表情回應眾人。

「畢竟，我的本子能賣掉，都是倫也學長大力幫忙的關係……！」

沒錯，那是張能讓任何人心情舒緩的笑容。

應該是這樣的。

「倫也幫妳……？」

「不，我沒做什麼了不起的事啦。」

「學長有！學長真的好厲害！對不對，惠學姊？」

「妳把我幫忙的部分忽略掉了耶，出海。」

「啊……啊～那是我說話有語病啦！」

「…………」

之後，聲音依舊含淚的出海又激動地大聊特聊。

……關於自己的本子全撇在一邊，盡談我的英勇事蹟。

彷彿我才是今天的主角。

用停不下的機關槍快嘴，搭配大動作的比手畫腳。

根本就沒有那種事。

今天的成功，明明全是靠出海的才華促成的。

「啊，對了……澤村學姊，請收下這個！」

「咦……？」

接著，出海終於將（對我的）得意之詞說得告一段落，就從自己包包裡，拿了一冊白色封面的那個本子遞給英梨梨。

「學姊……這是我今天的新刊。」

「不用啦，還這麼費心……再說妳不是完售了嗎？」

「所以我才想請學姊收下來！」

「咦……？」

「這是我出生後第一次完售的本子……充滿回憶的本子。」

「出生……第一次……」

那句話肯定能直接傳到英梨梨的心，而不是傳到頭腦裡。

就算英梨梨現在每次都能輕鬆完售，出生後第一次完售的日子，她絕對也經歷過。

「妳就收下來嘛，澤村同學。」

「…………」

加藤也懂。

這個本子、這一冊的意義非凡。

畢竟，那是出海剛剛笑著表示「連分給朋友的分都全部賣完了耶」，並且珍惜地收起來的，為自己保留的最後一冊……

「那……謝謝妳。」

「不會，請收下吧。」

所以，英梨梨收了出海的本子。

……接到手上時，她顯得莫名緊張。

「果然……是小小狂想的本子。」

英梨梨翻著書頁，嘀咕得像是忘了自己人就待在小小狂想的島塊區。

「啊，妳不喜歡小小狂想嗎？」

「並不會……只是不熟而已。」

「不過就算不認識原作，看了那個本子也絕對會覺得有趣喔。像我就是那樣。」

「是喔……」

英梨梨心不在焉地聽著加藤那些緩頰的話。

可是她的手，已經不會停下翻頁的動作。

她集中全副心神來面對本子。

「…………」

英梨梨肯定一眼就能明白。

明白這個本子的水準不簡單。

明白出海是個成長中的厲害作家。

「……唔。」

終於進入後半的鉛筆稿頁數了。

英梨梨翻頁的手，變得越來越快。

才這麼一說，她又馬上翻回前面的頁數重讀。

正如期待，她依循了我和其他買本子的人的反應。

因此，我已經明白。

英梨梨也徹底心迷於波島出海的世界了……

「各位辛苦了，Comic Market第二天到此結束。」

「…………」

「咦？」

正好四點的瞬間。

宣布今天Comiket結束的廣播，和參加者如雷掌聲響起的瞬間。

英梨梨闔上讀到最後的本子，語帶嘆息地說了些什麼。

隨後……

「謝謝妳，出海……不過，這個還是還給妳。」

「咦，為什麼……澤村學姊？」

闔起來的本子被擺在桌上，交回出海身邊了。

「對不起……真的，對不起。」

也許英梨梨是承受不了被出海用呆愣的目光望著，她一步、兩步地後退。

她的表情……不知道為什麼，比出海還要蒼白。

「我還要……為明天擺攤做準備……先走了。」

英梨梨最後露出的臉，比剛剛還是淚人兒的出海顯得更想哭，然後她逃也似地離開了攤位。

「喂，英梨梨！」

我連忙衝出攤位，追向英梨梨。

不過，由於離開島塊區費了些工夫，我和她的距離被拉開一大段。

所以接下來要全力衝刺……倒也不行，我快步追在她後面。

「安……安藝？」

「抱歉，加藤！我立刻就回來，妳在這附近等我！」

這樣子，光今天我就把加藤擱下兩次了。

可是，現在非得那樣做。

我非得追上英梨梨。

我非得抓住英梨梨，並且和她講話。

要是不那樣做，事情會變得無法挽救。

「等我一下。喂！等等我，英梨梨！」

因為，我看到了。

那傢伙嘀咕時，被混在館內廣播聲當中的唇語。

「倫也，你好過分……」

※　※　※

「英梨梨！」

「唔……」

在通往車站圓環的交叉路口前，我終於追上英梨梨了。

館內人太多又禁止跑步，所以我根本無法縮短彼此的距離，幸好英梨梨是從東館外圍離開到外面的。

然而，這裡是回家的路。

和英梨梨明天要擺設的攤位，方向相差甚遠。

「我們回會場吧？」

「…………」

或許是被追上才放棄趕路吧，英梨梨停在人行道正中央，卻對我這裡看都不看，低著頭佇立不動。

因此，我無法窺見她的表情，但臉色還是和剛才在館內看到時一樣蒼白。

「我們回去，然後向出海道歉好不好？」

「……不行。」

「為什麼？」

她的語氣十分軟弱，但仍然可以感受到堅拒之意。

「那個本子，我不要……我不想讀……」

我根本無法想像，會有人在讀了那個本子以後出現這種反應。

「那是一本好本子吧？」

聽了我的提問，英梨梨坦然點頭。

「那個本子，可是出海費盡心神……」

「我知道。」

可是，她那顫抖的嗓音，和大約十分鐘前的出海一模一樣。

「我哪有可能看不出來……那個本子蘊含了多少心思、有多麼厲害。」

「既然如此，妳為什麼要那樣做……？」

「不還給她的話，事情會變得更難看。」

「妳說的難看，是什麼意思？」

「我差點就動手將那個撕爛了。」

「什……」

吐露出身為創作者不該有的惡言以後，英梨梨的臉依舊慘白。

接著，我探視她低垂的臉，從中顯露的是……

「所以我把本子還她了。然後我逃走了。」

那看起來只像——恐懼。

是的，英梨梨在害怕。

「是我害的嗎？」

「…………」

英梨梨沒有回答，卻也沒有否認。

但我們都明白，事到如今再問那些也只是枉然。

畢竟，英梨梨剛剛就埋怨過我。

「妳覺得不安嗎？比如明天的較量，還有挖角的事情。」

「…………」

她還是不回答。

「我看起來像站在伊織那邊嗎？如果會讓妳那樣想，是我疏忽。我向妳道歉。」

出海是伊織的妹妹。

而我泡在伊織妹妹的社團裡，單從事實來看，倒也有背叛英梨梨的味道。

「不過，出海的社團和伊織完全沒有關係……」

「和那些無關。」

於是，一陣子沒開口的英梨梨出聲了。

「和你講的那些根本無關。我才不在意明天的事。『egoistic lily』不是那麼弱小的社團。」

從她的口氣，能窺見些許煩躁、以及些許的自豪。

「既然如此，呃……為什麼？」

這樣我就不懂了。

英梨梨不安、恐懼、絕望的理由，我一點也不懂。

「那個本子有什麼部分讓妳那麼反感？我不懂妳們創作者在想什麼啦。」

那大概是因為，我以往從來沒有認真製作過東西。

「英梨梨，我不懂妳在想什麼……」

況且……我並不了解最近幾年的這傢伙。

她比出海更讓我覺得陌生。

「倫也……你讀了那個本子，有什麼想法？」

「我說過很多次了吧……很棒啊，特別是後半。」

隔了一會，這次換英梨梨提問。

「就是啊……越後面越亢奮呢。」

「而且沒有止盡。」

還有，她沒有用之前的消沉語氣，而是和平常說話一樣……

不，她的語氣比她平時要來得溫和且沉穩。

「我第一次看到用《小小狂想》做那種嘗試的本子，那也讓我嚇著了。」

「哎，普通都是以角色為主，或者用日常笑料或情色題材嘛。真虧她能想出那麼長的劇情。」

總覺得也有被轉移話題的感覺，即使如此，現在還是順著英梨梨的話鋒談吧。

「內容確實很棒，不過也有缺點。」

「冷靜一想，倒不如說缺點比較多。」

因為，我很清楚。

英梨梨沒有那麼靈光，也不是那麼狡猾的傢伙。

「重心分配完全搞錯了呢。」

「出海自己說過，她到後半就精疲力竭了，不過那是假的吧。」

「對呀，那只是來不及上墨線，其實到了後半反而畫得越來越細。」

「看她那樣，前半部即使連上線的時間算在內，也絕對是後半鉛筆稿比較費工吧。」

英梨梨總是直來直往而倔強，對任何事都用全力否定，在任何地方都會自然流露出傲氣。

因為她就是那麼麻煩又單純的傢伙。

「不過，感覺她只畫了自己想畫的部分。」

「那個嘛，我記得她本人也說過類似的話。」

「那樣即使做得出再好的本子，普通也是賣不掉嘛。」

「問題就在那裡。這次勉強能賣完，但每次都這麼失衡就讓人擔憂了。」

我對英梨梨，至少還有這點了解。

「想吸引目光得從封面下手。本子也必須考慮到全體包裝才可以。」

「那種訣竅，需要有個人來教她啦。伊織才是真正適合的人選就是了……啊，煩死了！」

「對啊，假如她有個知道怎麼把本子做好，又能好好給意見的搭檔……」

「啊……」

所以說，看吧，她的自信瓦解了。

「像我這樣，八成一下子就會被她趕過去吧……！」

那是一句若無其事的自嘲，卻沒能保持若無其事的態度。

「啊……啊哈……啊哈哈……」

我不希望讓事態變成這樣，但仍然走到了這個地步。

……還附上我沒有預料到的真相。

癥結一揭曉，事情再單純不過。

只是我自己想得太迂迴而已。

「慢著……妳和她比也沒意意吧？」

英梨梨害怕的，純粹是那個本子。

還有本子的作者。

「妳和出海根本就不一樣吧……類別、人氣、還有目前的立足點都不同啊。」

真正的敵人並非伊織，也不是「rouge en rouge」，而是剛孵出的天才幼雛。

這樣好比魔王接獲傳說中勇者轉世降臨的傳聞，就打算毀滅掉整座都市，那樣的恐懼太過狹量、也太沒道理了吧。

「欸，英梨梨……」

「會怕就是會怕嘛！」

「唔……」

「我怕她做出這樣的本子。我怕被迎頭趕上。什麼都被她搶走，實在太可怕了。」

「呃，她不會和妳搶吧？妳在說什麼啦？」

「就是啊，我到底在說什麼！」

英梨梨任憑情緒失控，還抱著一份意味不明的篤定亂吼。

可是，面對英梨梨那些沒道理的胡言亂語，我卻無法像平時一樣輕鬆地吐槽。

畢竟幾十分鐘前，才有個傢伙道出那種荒謬的未來……

「冷靜點，擔心那些說不準的未來也沒用吧？」

所以，我用了非常不合自己作風的說詞來搪塞。

「可以確定的是……英梨梨，妳目前比出海高了好幾個層次。就這樣而已吧。」

為了設法讓狀況軟著陸，我盡可能擠出不會出差錯的說詞。

心裡同時也對出海抱著一絲歉意。

「不然，我問你……是我比較厲害嗎？」

「咦……？」

然而，英梨梨不允許我跟她客套。

「欸，回答啊！我的本子，比她的本子厲害嗎？」

難道這代表，恐懼會讓人的負面思考變得敏銳？

「呃，拜託……根本來說，妳的本子是十八禁吧。」

「你看了我的畫會不會心動？會不會感覺到毛骨悚然的氣勢？會不會覺得……無論如何都要幫我把本子賣出去？」

「妳不用幫忙也能賣出去啊……」

「你什麼都沒有回答！倫也，你從剛才就什麼都不肯明說！」

「…………」

我一句話也無法反駁。

正如英梨梨講的，我什麼都沒有回答。

我掩飾不了，自己並不想否定出海那個本子的心情。

因為……因為……這也沒辦法啊。

那個本子，是我最近一年看過的同人誌當中，最令我中意的。

面對那麼喜歡的作品，我哪有可能說謊……

路過的眾多御宅族紛紛回頭。

不管怎麼看都屬於同類的御宅族少年，惹哭了高攀不起的美少女——他們盯著那有如美少女遊戲劇情中的一幕。

「早知道會這樣，我就不去小小狂想的島塊區了。」

然而，那令人印象深刻的劇情圖片，在不知不覺中切換成角色站姿圖。

「……我不應該想起那麼久以前的事情。」

緊接著，連站姿圖都消失了，只剩背景和路人角色。

不過英梨梨……最後讓我說一句就好。

基本上，妳徵詢意見的範圍太窄了啦。
只問我也沒用吧？妳該介意大眾的評價啊。
這樣子，妳簡直像個小學三年級的小鬼嘛。

第五章　我並沒有**出局**〈霞之丘〉

「……所以說，加藤，這是怎麼回事？」

「啊，歡迎，霞之丘學姊。」

「妳還說歡迎……這裡是倫理同學的房間吧？」

漫長的一天終於到了日落，夜幕降下的Comiket第二天。

這時在BIG SITE周圍，應該已經有徹夜組為了迎接明天的第三天活動而陸續集結吧。雖然會場禁止徹夜排隊。

不過，儘管到了往常都會瞪著Comiket場刊而且興奮得顫抖的時間，我卻鑽進房間的床褥，抱起大腿縮成了一團。

「好了，妳叫我來的理由是什麼？我也有很多事要忙，希望妳能用三行說明完畢。」

「啊，原來如此。就是因為霞之丘學姊妳很忙，所以才會我只說了『安藝他情況非常不好』，學姊就連任何細節都沒問，只花二十分鐘就趕到這裡。要是沒有用全力衝上那條長長的坡道，大概不會這麼快就抵達吧？」

「……妳最近對我是不是有什麼怨言？」

從Comiket第二天結束，從那場訣別以後，經過了幾個小時呢……？

結果直接在車站前路口杵著不動的我，被加藤從那裡直接撿回家，看不下去的她還專程一路陪著我進家門——我對加藤依賴成這樣，被指稱已經完全覺醒成廢物男主角，也怨不得人。

「呃，這個嘛，其實事態挺嚴重的。應該可以說是關係到社團存亡的危機。」

「……意思是，這件事和現在不在這裡的某人有關係？」

「唔～～哎，差不多是那樣吧……大概。」

「加藤，妳能不能詳細說明？」

「那個……我也沒有了解得很清楚。」

「是嗎，那只能問本人了……倫理同學，我要你出來說明喔。」

經歷過那些，我在鑽進床褥以後還是無法閉起眼睛、也無法睡著，只能夠委靡不振地消耗時間。

因為只要閉上眼，在黑暗中無論如何都會浮現出畫面。

看那傢伙生氣的臉……已經是家常便飯了，然而她那樣難過又害怕的臉，應該已經被我塵封在遙遠的過去，發誓絕不看第二次的……唔？

「唔哇啊啊啊啊啊啊！詩羽學姊？」

「安分點，倫理同學。那麼大聲叫嚷，就不能好好問你話了吧？」

「呃，霞之丘學姊……只是問個事情，為什麼妳要鑽進床裡？」

一瞬間，感覺好像……有團柔軟得不得了的東西貼到了我背後。

「原來如此，你的確很廢呢，倫理同學。應該能名列美少女遊戲三大廢物男主角了。」

「對不起，再怎麼說，我覺得自己也不應該被批評成那樣。」

「那你想說全都是澤村的錯囉？你覺得她才適合名列美少女遊戲三大狠心女主角？」

「呃，拜託不要談那種差勁的角色話題啦！」

結果，由於加藤啟用熱線的關係，我被強制拉下床接受詩羽學姊的審問了。

剛才我明明還被當成可憐被害者，一轉眼間就成了凶惡嫌犯……

「不過加藤，既然發生了那種絕妙的事件，妳應該要當時就聯絡我，而不是拖到現在。澤村的哭臉……好想收藏一張那樣的畫面，為我的私房照片資料夾增色呢。」

「那也沒辦法啊。我當時又不在現場。」

「呃，加藤，與其解釋那種無所謂的細節，妳應該先吐槽詩羽學姊那離譜的想法吧……」

「真可惜。難得又有機會在簡訊的主旨標上『內附圖檔』……」

「請學姊別再用第二次了！」

儘管像這樣受到玩弄，我仍將今天和英梨梨之間發生的事情，向她們倆全招了出來。

英梨梨對出海……對出海的本子所懷的感情。

而且除了今天的事以外，我也提到了這陣子和那傢伙之間存有的種種芥蒂。

伊織的事、挖角的事、較量的事。

不用等明天到來，賭上社團存亡的一戰已即將未戰先降。

我明明誇下海口說過：「無論銷量落後多少，我們都絕對不會受挫。」但現在的狀況卻變成了「不管銷量多少，我們都打從心裡受到重挫了」。

……雖然當中也參雜了一些我們個人的因素，不過我還是全招了出來。

即使和她們倆說出來，也不要緊。

因為英梨梨和我、詩羽學姊和加藤，都是同一個社團的成員。我們都是一起創作的伙伴。

既然是創作方面的煩惱，那就由創作者合力解決就行了吧。

※　※　※

「話說回來，狀況變得挺棘手呢。」

「嗯……英梨梨那傢伙，該說她太有先見之明、還是太沒有分寸呢。」

將事情聽到最後的詩羽學姊，一明白英梨梨所抱持著的心結，果然也和我一樣深深地嘆了口氣。

「真的很棘手呢……連當事人都說得不關己事。」

「……學姊是指什麼？」

倒不如說，她嘆氣的對象似乎不是英梨梨。

「我只覺得，澤村就是精確地看透了位於眼前的危機，才會對區區一個女生戒慎恐懼到那種地步。」

「我不懂學姊說的是什麼意思。」

「基本上，居然有人敢一口咬定那是創作方面的煩惱，倫理同學你真的是差勁到極點的遲鈍男主角耶。」

「我不懂學姊以下略！」

這很重要，所以要重複兩次……應該說是一次半才對。

「那樣子，澤村當然會怕囉……對她來說，感覺應該像什麼東西都被搶走了。」

「『什麼東西』，是指……」

「身為創作者的尊嚴，還有青梅竹馬的地位。」

「…………」

創作者云云的也就罷了，可是我覺得青梅竹馬的吻合範圍太窄了。

「再說，出海那麼黏倫理同學……感覺就像明明中途才登場，初期參數卻相當高，即使想追的其他女生攻略失敗，也一定會來告白的救濟型女角……她真讓人火大呢。」

「對不起，再岔題下去會一發不可收拾，請學姊點到輒止。」

我果然找錯商量對象了嗎……？

「所以，倫理同學你打算怎麼樣？」

「這還用問，我當然是希望……」

呃，我希望怎麼樣啊？

我應該是在思考，要怎麼和那傢伙的過去做個了斷、要怎麼和那傢伙的現在做出定位、要怎麼和那傢伙的未來做下結論吧。

「你想讓澤村振作起來？」

「那是當然的啊。」

畢竟，英梨梨陷入低潮，還有無法作畫的模樣，我根本不願去想像。

「你想為她打氣？」

「哎，一直看她擺悶臉也很傷腦筋吧。」

不發脾氣的英梨梨根本就……那樣倒是天下太平啦，不過每個人各有其職嘛。

基本上，她不發脾氣就太沒勁了。

「你想保護她？」

「咦，不，為什麼那樣說……？」

「你想抱緊她？」

「抱了要幹嘛？」

「你喜歡她嗎？愛她嗎？不想要放開她嗎？難道故事進展到一半，第一女主角就要意外換人了？」

「這又不是在演《戀愛節拍器》！」

連自己的作品都拿來自嘲，難道學姊沒有身為作家的自尊嗎……

「真是的，你們兩個很麻煩耶……既然結論拖那麼久都出不來，乾脆就什麼都別做，讓時間去處理如何？」

還嫌我們麻煩……真沒想到詩羽學姊會這樣說我。

先不管這種五十步笑百步的牢騷了……

「可是那樣，我們的遊戲……會趕不上冬COMI。」

英梨梨持續低潮的話，我們總算開始製作的遊戲又要擱淺了。

話雖如此，事到如今也不可能讓原畫家交棒。

不管別人怎麼說，就算大牌社團用了再陰險的手段，我們社團的招牌繪師還是非柏木英理莫屬……

「給她一段期間冷卻，說不定就會若無其事地振作起來喔？」

「那種事……以那傢伙來說不可能。」

「為什麼你能斷言？」

「因為那傢伙……會把事情留在心裡……而且時間久得難以想像。」

就我所知，再也沒有其他傢伙會像她那樣，對以前的事記恨那麼久。

……比方說，除去今天不談，我最後一次看到那傢伙哭是七年半以前。

還有，我們開始講兩三句話也花了三年。

開始借彼此動畫或遊戲軟體則花了五年。

然後，變得能普通交談更是花了七年。

直到現在，仍一直抱持著複雜心結的我們，假如不試著互相讓步，想和好就是會花那麼長的時間。

「其實，詩羽學姊……我們還沒有好好地和好過。」

「咦……？」

「英梨梨不可能道歉，我也還沒有……我們的問題始終都懸在那邊。」

學姊有些愕然地望著我。

我確實也覺得「那樣有點說不過去吧」。

可是這有什麼辦法……畢竟，我還沒原諒那傢伙所做的一切。

而且，那傢伙同樣也無法對我全盤信任。

我們以前就是發生過那麼深的問題。

產生問題的內容相當稀鬆平常，根本不具意外性，許多人都會有類似的經驗。

要是再長大一點，我們肯定會笑著表示：「為什麼以前要為那種事情賭氣呢？」

即使如此，那種常見的問題，仍然深深扎進了當時的我們心裡。

在傷口還沒癒合的情況下，我們又半吊子地重啟交流。

「感覺真的很傻吧？那傢伙。」

「倫理同學……」

「感覺真的很傻吧？我自己……」

就我所知，再也沒有其他傢伙會像她那樣，對以前的事記恨那麼久……除了我以外。

「所以，這一次……我希望能設法跟她和好。」

正因為彼此都是傻瓜，才會吵架。

正因為彼此都是傻瓜，才一直沒有恢復原本的關係。

「那傢伙的個性確實不好，又是個雙面人，表裡兩張面孔都很差勁！」

誤解、分歧、期盼落空。

我們像這樣，好幾次發生陰錯陽差的狀況，心結全糾成一團。

「雖然我還不能完全信任她，也沒有原諒她以前的所有行為！」

因為無法再恢復到原狀，所以我們不約而同地拋開了問題。

「可是，那傢伙是我重要的伙伴。就以前就一直都是。」

然而，在關係變成那樣以前，我們待在任何地方，感覺都像樂園。

在我們的樂園裡，沒有其他人介入的餘地。

「所以，我好害怕……又要像過去一樣跟她分開……！」

她明明……是我這輩子第一個的……

「學姊，我好怕……」

我能再一次，打從心裡原諒英梨梨嗎？

英梨梨能再一次，打從心裡相信我嗎？

「嗯……」

詩羽學姊的手，輕輕地拍在我頭上。

該怎麼說呢？男女立場相反了吧？學姊太有男子氣概了吧？那股溫暖注滿在我的心房。

「要怎麼說好呢？像這樣看你示弱、偶爾被你撒嬌，心裡頭會揪起來呢……雖然聽你談那些內容，就我個人而言感覺糟透了。」

「……對不起。」

發牢騷之餘，學姊輕撫我臉頰的手還是很溫暖。

「那麼，我再問一次喔……你想讓澤村振作起來嗎？」

「對。」

「你想為她打氣？」

「對。」

「妳想保護她？」

「大家一起。」

「……你想……和她和好？」

「嗯……這次絕對要！」

「…………」

聽到這裡，詩羽學姊忽地綻開笑容，忽地朝我耳邊吹了一口氣。

……真的，我希望她改掉這種逗弄人的方式。太舒服了。

「其實我也想和她和好，不知道為什麼卻很難得到她的原諒。」

「那是因為，學姊總是無謂生事地對她挑釁個不停。」

然後，學姊用纖纖指尖捏著我的臉頰……讓我有點痛。

「那麼，來想想對策吧。」

「我應該怎麼做？」

「這個嘛……既然是因為傻理由鬧僵的，要不要就用傻辦法來和好呢？」

「傻辦法是指……？」

「去攻略青梅竹馬型女角吧，倫理同學。」

「啊……」

說著，詩羽學姊用雙手捧著我的臉頰，讓我感覺到一絲絲力道。

「久遠的記憶、讓人懷念的回憶、小時候的約定，把那些青梅竹馬占有的優勢全部用上，對澤村插旗吧。」

「她會吃那一套嗎？」

「不要緊，是你的話就能辦到……好比前陣子，你點到為止地攻略了年長型女角那樣，你說對不對？」

「拜託，別用那種自虐的方式收尾啦……」

詩羽學姊一面吐露出讓我心裡隱隱作痛的諷刺，一面將自己的額頭，緩緩地貼近我的額頭……

「呼～我先用浴室了。啊，霞之丘學姊要不要也洗個澡？現在水溫正好喔。」

「……其實我從剛才就想問了，為什麼加藤一副理所當然的樣子要在你這裡過夜？」

「啊，因為安藝的爸媽，今天好像回老家過盂盆蘭節。」

「聽好了，我想問的並不是那個……」

然而當加藤從浴室回來的瞬間，學姊貼到我眼前的頭，就無力地垂下了。

※　※　※

「那麼，今天的社團活動要開始囉。議題是附屬女主角——澤村・史賓瑟・英梨梨的劇情線安排！」

「唔哇，妳直接講出來了耶？妳直接講出『附屬』了耶。」

經過一會兒，改換心情的……應該說發飆的詩羽學姊，高聲宣布出今天的活動就此開始。

呃，我才是社團代表啦。

此外，現在時間是晚上十一點。所有人都洗完澡了。唔，最後才輪到的我，並沒有勇氣泡進那缸熱水裡，所以只用淋浴的就是了！

總之，所有人就這麼做好了徹夜不睡的萬全準備。這裡不是會場周圍，所以沒問題。

「工作分配的部分，倫理同學負責從回憶裡找梗，我再藉此安排出劇情，加藤同學的話……要不要玩一下遊戲打發時間？」

「呃～雖然我有想過會被這麼說，但我可不可以出個意見？」

「加藤？」

於是，當我和詩羽學姊準備照平時步調開始作業時，萬萬想不到，平時都會盡快溶入背景的加藤卻特地舉了手發表意見。

……呃，強調得那麼意外，對她實在不禮貌。

「安藝，你之前說過，要我當女主角對不對？」

「呃，說是說過啦。」

「那麼，你可不可以自己先示範呢？」

「咦？」

「安藝……你來當女主角看看吧？」

「……原……原來如此。」

「加藤，妳……」

從第一集以來許久沒有出主意的加藤說完以後，詩羽學姊和我都愣著望了她的臉一會兒。

加藤的想法就是那麼具衝擊性，戳中了盲點，而且直達問題的本質。

「呃，做這種調整該不會很困難吧？霞之丘學姊？」

加藤交互看了我和詩羽學姊的臉，似乎想對沉默下來的我們表示關心。

「妳問我……難不難嗎？」

然而，從這個人徹底轉變的口氣和態度，明顯可以得知加藤不過是杞人憂天罷了。

「這個嘛，我想到了……最能形容澤村．史賓瑟．英梨梨的字眼，其實不是千金小姐、也不是傲嬌、更不是情色同人作家……！」

倒不如說，學姊這樣不太妙……

「澤村．史賓瑟．英梨梨的本質……沒錯，就是純情少女！她是個等待著御宅族王子開白色

痛車來接她的痴心女生！啊哈哈哈哈哈哈！那什麼嘛，超奇怪的！」

「奇怪的是現在的詩羽學姊吧？」

看吧，學姊又像平時那樣，按下討厭的創作開關了。

還有，要是我碰到開著痛車來接人的王子，就絕對不會接受求婚。

「湧上來了……創作慾像泥沼般湧上來了！今天我不會讓你睡喔，倫理同學。」

完全切換成趕稿模式的詩羽學姊，已經HIGH得讓我覺得最好別踏進她的創作。

「好好好，我當然會奉陪到最後。當然加藤也是。」

「嗯，好啊，反正我沒有決定權。」

然而，不管怎樣，我們的敗者復活戰要開始了。

不只我一個，所有伙伴都在……為了從囹圄中救出那個從小學時，就一點也沒有成長的「痛公主」，戰鬥要開始了。

「那麼我重新分配工作囉……倫理同學想梗，我安排劇情，加藤的話……麻煩還是去玩一下遊戲！」

「了解，詩羽學姊。」

「好～」

或許，那聽來和剛才是完全一樣的指示……

然而，那其實是用意和剛才完全不同的指示。

※　※　※

「呼……」

將手穿過剛洗好的T恤袖子後，原本朦朧的腦袋恢復了一點活力。

只微微拉開的窗簾讓房間裡不至於太亮，從那道縫隙望向窗外，外頭已經完全天亮了。

看來神聽到了御宅族的祈禱，使今年夏COMI的三天期間，本子都不會被淋濕。

時鐘指著早上六點半。

……要是在小學低年級時，差不多是英梨梨來邀我去做收音機體操的時候吧。

「嗯……呼。」

看向床鋪，耗盡精力的詩羽學姊正躺在那裡。

記得大約是一小時以前，她就像豁出全副力氣似的失去意識了。

不過，也不用叫醒學姊。讓她一直露出那張安詳的睡臉就好。

畢竟詩羽學姊靠著平時那種超人速度和熱情，趕在黎明前將自己該做的事做完了。

「呼……嘶～～～～～～～……唔，唔呵呵。」

……哎，我只希望她別將臉埋進我的被單，還那麼用力吸氣。

電視畫面上，從剛才就一直顯示著城堡露臺的背景ＣＧ；喇叭則不停播放著既莊嚴又輕快的旋律，聽來活脫脫就是遊戲配樂。

還有，這首配樂播一輪很短，所以我已經不知道聽多少遍了。

而之前一直朝著畫面玩遊戲的另一個社團成員……

「咦？」

「早安。」

我還以為，她同樣早就睡著了，結果仔細一瞧，對方仍然睜著眼睛在看我這邊。

「妳該不會一直都醒著？」

「沒有，我睡到剛剛。是你起來以後，我才醒的。」

「這樣啊。」

「要出去了嗎？」

「嗯……在今天之內，無論如何都要做出了結。」

沒錯，我一定會在今天之內將事情解決。

冬COMI的報名期限就快到了。

社團的圖示，我絕對要讓我們的招牌繪師來畫。

「所以我要去……去Comiket第三天的會場，BIG SITE。」

「澤村同學會到現場嗎？」

「也許不會。可是，我要去。」

「這樣啊，嗯。」

即使英梨梨沒去，那裡還是有我需要的東西。

那裡有用來攻略女主角的……不對，用來攻略主角的必要道具。

「加藤……謝謝妳。」

「那些話，全部講給霞之丘學姊聽比較好喔。」

「下次再補講吧。但我現在是想告訴妳。」

「這次，我什麼都沒有做就是了。」

「才不是那樣……根本不是那樣。」

招牌繪師、招牌作家、還有招牌女主角。

我的女神們是三位一體。

因為缺了任何一位，這個社團就無法成立。

……哎，我承認自己說的話實在是不知天高地厚。

「從昨天起，我不是讓妳看到了很多難堪的部分嗎？」

「咦，你覺得自己在前天以前都沒有出醜嗎？」

「啊～～我們先採取不吐槽的方針好了。因為現在的我，難得想講正經話。」

「對了，剛熬夜完很容易像你這樣異常亢奮耶。之後就算你對自己說的話後悔得要命，我也不管你喔。」

「可是加藤……即使我這麼廢，妳一直都肯關心我。」

「唔……咦？等一下……」

即使被我拗去幫忙賣本子、即使被我丟下來兩次、即使看到我失魂落魄得沒辦法自己回家的**醜**態。

加藤不抱怨也不下評語，依舊淡然地陪伴著我；何止等我，還特地來找我；何止接我回家，還幫忙找了救兵。

而且……之後她也一樣為我著想。

雖然當時我沒發覺……不過，去洗澡的加藤近一個小時半都沒有回來。

我覺得，那肯定是她刻意的。

她肯定是在走廊溫柔守候著，等我對詩羽學姊吐露一切，也等我對詩羽學姊求援。

……雖然加藤最後回房間的時間點格外微妙，或者該說成絕妙，那點我倒不清楚她的用意何在。

「欸，加藤……」

「唔，呃，怎樣？」

「即使我是這麼廢的主角，以後妳還肯這樣不離不棄嗎？」

「安藝……」

「妳能不能……繼續當廢物主角的第一女主角？」

「那樣的話，八成會自然走向陌路吧？畢竟這個社團就是靠你死纏爛打才成立的。」

「要是有做得不好的地方，我會務求改進，求妳不要拋棄我！」

為了避免吵醒詩羽學姊，音量要壓低，但我還是一臉拚命地對加藤懇求。

「這個嘛……那就馬上請你改進好不好？關於這次的事情，我會滿任性的喔。」

「麻煩妳就人智所及的範圍提要求……」

「呃～～首先呢……安藝你要跟澤村同學和好。」

「我明白了。」

也沒有首先不首先的，那正是我們這次的任務。

「然後，你要讓澤村同學跟出海和好。」

「嗯。」

只有這點，我絕對會堅持要英梨梨當面道歉。

「社團裡不能少了任何人。」

「嗯……是啊。」

最擔心那個的肯定是我。

「還有，大家要一起完成你策劃的最棒的遊戲。」

「加藤，妳……」

「嗯？怎樣？」

「呃……也許這的確算任性吧。」

加藤說的，全是我……

妳這不只是完全一致的程度吧？

「啊，對了。還有——」

「嗯？」

「社團名稱，差不多該決定囉。」

「就是啊……」

結果……

到最後，加藤一項不差地說中了「我的心願」。

「那我走了。」

「嗯，慢走。」

我背對開口送行的加藤，離開房間。

走廊窗戶的陽光照在我身上。

新的早晨來了。代表希望、以及和解的早晨。

等著吧，英梨梨……

唯有今天，為了妳，我會成為妳的第一男主角。

第六章　小小戀情狂想曲　～瑟畢斯——特殊劇情事件～

請輸入主角芳名

「英理」

※　※　※

有顆特別大的煙火，在南方天空綻放出大朵煙花。

那彷彿成了訊號，巨響接二連三地湧現，讓天空一口氣成了花園。

這項活動——艾爾鐸利亞王國的夏季慶典，通稱「艾爾嘉年華」，是由全體國民共襄盛舉的大型節慶。

在這三天裡，街上滿是攤販，從白天就有人把酒交杯，還有身穿繽紛衣裳的人們載舞歡唱，大伙都將平時簡樸的生活暫忘一旁，好不熱鬧。

而剛才射向天空的，就是為三天節慶奏出終章的煙火。

英理從王城的露臺，仰望那片光與音的幻想……

然而，她現在只能用哀傷的表情對著那美景。

起因是件小事。

白天，英理為了享受慶典的氣氛而上街時，從馬車窗口看見的本應是一幕和樂的光景，卻在她胸口帶來了一絲痛楚。

是那個騎士，和城裡姑娘歡談的模樣……

當時，英理曾想立刻下馬車。

她想闖進那兩個人之間，她想闖進圍著他們玩鬧的人群。

身為公主的自己闖入其中，城裡的民眾或許會有些尷尬，警備的人馬也可能大亂陣腳，但即使如此，她還是想去。

結果那時候，英理並沒有那麼做。

然而，並不是身為公主的自覺，攔住了她的心。

自己和那些人立場不同……是英理認為「自己和對方不匹配」的自卑感，讓她裹足不前。

那些人是憑一己之力開創道路，歌頌出人生。

反觀自己，則是用他人給的東西裝扮身軀、填飽肚皮、安睡於床鋪。

那些全來自身為公主的地位，她沒有任何才幹，也沒有魅力。

而身為騎士的他，和英理已經是不同一邊的人了。

他們是在什麼時候，拉開了這樣的距離呢？

煙火陸續湧現。

英理從樹隙間，偷偷凝望著那一閃即逝的光芒。

平時唯有王室成員才能進來的這座露臺，每年只會在放煙火的這段時間，開放給親朋好友、以及僕人們一起同樂，格外熱鬧鼎沸。

不過，她待的地方與那陣喧鬧略有距離。

面朝南邊的廣大露臺右側……也就是西側。

只有那裡讓大樹罩著，天空被遮去了半邊，要欣賞煙火是個略有不便的地方。

可是英理喜歡那個挨在角落、沒有人會接近、又視野狹窄的地方。

因為，從小時候，那裡就是她和那個人的特等席。

當大人們從露臺的正面仰望南天時，他們倆才不顧那些，只會從樹隙間、或者特地跳上枝頭

欣賞煙火。要是興起，他們更會直接跳下樹、穿過庭園，跑到熱鬧舉行著慶典的外頭去玩。

……隔天，兩個人一起被大臣訓斥，也已經算每年的例行公事了。

那時候他們總是在一起，不只在慶典的日子。

兩個人曾跑遍山野、在街上惡作劇讓大人困擾、溜進王城和衛兵捉迷藏。

然而公主的地位、以及成為騎士的夢想，在不知不覺中拆散了他們倆……

到了現在，唯有每月一次的謁見，能替英理帶來全然不夠的相聚時間。

煙火暈開了。

那不是因為發射失敗，更不是因為夜空扭斜。

只不過，是自己眼裡湧出多餘液體的關係。

英理仰望天空，想著從小就在一起、卻不知不覺地漸行漸遠的那個人，靜靜流下了眼淚……

『英理。』

『……？』

會是聽錯了嗎？

難道是英理的心意，讓原本不該出現的他，和不該聽見的呼喚聲，單單在她的腦海裡響起？

『英理……我在這裡。』

『咦……？』

不，不對。

只是因為聲音從理應沒人的方向傳來，才讓她那麼以為。

呼喚她的聲音並非來自露臺中央，換句話說並不是東方，是從西方來的。

不是舉辦著熱鬧派對的那邊，而是露台外面……

長在露臺旁邊的，那棵大樹上……

『我在這裡，「英梨梨」。』

『咦？』

真，第十六章　英梨梨——特殊劇情事件（註：還在共通劇情線！〈霞〉）

「我在這裡，英梨梨。」

「咦？」

有顆特別大的煙火，在南方天空綻放出大朵煙花。

夏COMI第三天，為活動譜出終章的夜晚。

在我們住的這一區，每年在那天晚上固定都會舉辦煙火大會。

而這裡是可以從我家仰望看見的，山丘上的大豪宅……

呃，換句話說，是澤村家的陽臺。

澤村家用於招待親朋好友，讓大家一起共賞煙火的家庭派對場地。

「你在做什麼？倫也……」

「噓，不要太大聲。」

英梨梨家的陽台是向南面，從那裡俯視做為煙火大會會場的公園，位置再好不過。

所以現在從陽臺，可以不受阻擋地欣賞迸發於上空的團團光球。

不過我目前，是待在一株略靠陽臺左邊的大樹樹枝上……

換句話說，這個家的陽臺，和艾爾鐸利亞城的露臺格局幾乎一模一樣。

小學時，英梨梨對於那樣的巧合，高興得簡直像個小朋友……哎，雖然我們當時就是小朋友沒錯啦。

「要不要溜出去一下？英梨梨……」

「咦……？」

在那種充滿上流氣息的地方，目前正出現罕見的戲劇性場景，而且讓別人來看可能是笨到極點的畫面。

英梨梨一身紅色的露肩派對禮服，從陽臺角落抬頭看著樹上的我。

我則是一身騎士打扮……的角色扮演裝，從樹枝上對英梨梨伸出手。

「好久沒這樣了，和我一起到街上吧？」

「你在說什……咦，奇怪？這該不會……」

可是，面對那異樣的光景，英梨梨卻像心有意會地睜大了眼睛。

「這是瑟畢斯的劇情？你在扮聖騎士瑟畢斯……？」

「現在請稱我為倫也……殿下。」

《小小戀情狂想曲》系列中，值得紀念的第一代……

主角是有艾爾鐸利亞王家血統的少女，在三年的遊戲期間裡，她透過和身邊男性互動走上種種不同的路途，與男主角們編織出個別的戀愛故事——那是一款劇情如此壯闊的戀愛模擬遊戲。

比如在與國王侍妾之子，義兄艾拉爾的劇情線裡，主角將面臨多方糾結的政治盤算，儘管捲入了事關王位繼承權的陰謀，身為義妹的她，仍然一心一意地貫徹自己的愛情。

在與鄰國王子吉亞士的劇情線裡，戀情結成正果的主角雖然嫁給了對方，最後卻和生育自己的祖國捲入戰爭當中，成為悲劇性王后。

在與盲眼吟遊詩人辛弗努的劇情線裡，主角拋棄了國家和地位，陪伴著心愛的男人、並成為他的眼睛，變成流浪於世界的旅行者。

然後，與主角是青梅竹馬的瑟畢斯……

為了守護公主而當上聖騎士的他，卻受制於地位，不知不覺地和主角漸漸疏遠。

然而，兩人的情意在無形中越變越深，最後，瑟畢斯在慶典的煙火大會裡對她告白，於是兩人就超越了立場的差距而結為連理……

哎，大致上就是走少女漫畫的常套路線。

「我們走吧，殿下……不對，我們走，英梨梨……」

「…………」

看來英梨梨總算也明白我的用意……或者說，我的角色了。

不過，她現在還沒有牽起我的手，只抬頭看著樹上的我。

那種反應是代表善意？還是傻眼過頭？在這麼暗的環境之下，我也分辨不了。

「節慶的最後，和我一起過吧？」

但我希望是前者，並且在話裡放進更深的感情。

因為，剛才英梨梨被煙火短瞬照亮的臉，確實和主角在那個場景的表情一樣……

「……你說了都不覺得丟臉？」

「很丟臉就是了！說了之後我自己都想去死！可是我現在還不能死！」

所以，我現在只能堅信。

我就是青梅竹馬的聖騎士瑟畢斯，也是青梅竹馬的同志，安藝倫也。

無論被怎麼鄙視，無論有多麼讓人不敢領教，無論遭到多冷靜的吐槽，現在也只能衝了。

「因為，我在跟妳和好以前不能死。」

「唔……」

英梨梨倒抽一口氣。

或許是感覺到了我的認真，以及我有多慘，從她的舉動中，排斥我的態度已經收斂了。

「所以，求妳牽我的手，英梨梨……」

「倫也……」

煙火又連續升空，將英梨梨的臉照亮了幾秒。

剎那間現出的表情，果然和我最初時看到的一樣。

那和七年前訣別的瞬間……和「以往一直是同志，今後卻要各走各路」的英梨梨，是同一副表情。

「笨蛋……被大家看到的話，你打算怎麼辦？」

所以，英梨梨把應該吐槽的重點岔開了。

「你這是非法入侵吧……警鈴會響耶。保全人員要來了喔。」

「那才不會讓我退縮！」

「啊，唔……」

……既然她提到的是那些不識趣的問題，那就沒關係。

除了英梨梨本人以外，我全都打點過了。

對英梨梨的父母，我已經在Comiket會場的社團攤位好好說明過。

七年來一直憂心我們相處不和的那兩位，都興高采烈地約好會幫忙。

這套服裝也是在Comiket會場，用伊織的人脈向Coser借來的。

畢竟是一代的角色，要賭賭看才知道有沒有人扮，但真不愧是長壽類別。

哎，其實這是女生穿的服裝，所以有點緊就是了。

伊織曾嘀嘀咕咕地抱怨：「為什麼我非得替敵人撐腰？」不過從小認識的朋友有事拜託，總是可以幫個忙吧，所以我也說服他出力了。

還有，為這個場面寫出劇本的學姊、以及找學姊幫忙的加藤……

像那樣，死對頭和同伴全湊到一塊，在許多人協助下，才讓這項愚蠢的作戰成立了。

所以我絕對不會失敗，而且也不容失敗。

「喂，是誰在那裡？你在那種地方做什麼？」

結果，下個瞬間……

有個大叔朝這裡走近，似乎是過來散步醒酒，待在樹上的我終於被發現了。

「榊……榊叔叔？沒……沒有啦……他是……」

「英梨梨！和我來！」

「什……」

然而，我不認為那是危機，還要將那化為轉機。

「求妳，牽我的手！」

英梨梨的目光，正在我和大叔間來來去去。

不過她那副表情，與其說在猶豫要不要跟我走……

「可……可是我……穿這套禮服……」

「那種東西，要多少我都賠給妳！」

「倫也……」

沒錯，她是在想該怎麼和我開溜，現在只剩在猶豫要用什麼方式離開而已。

「所以快一點……快點！」

「～嘿！」

「唔……喂，小英梨梨！」

下個瞬間……

英梨梨撩起裙襬，跨上陽台的扶手。

然後，她靠著以前練出來的本領，從扶手用力一蹬，跳到了等在樹上的我身邊。

※　※　※

「痛痛痛……」

「怎麼了？」

英梨梨蹲下來按著腳踝，是在跳到樹枝上，再慢慢沿樹幹下來並漂亮著地後，又經過幾秒鐘才發生的事。

「我好像……扭到腳了。」

「沒問題吧？」

「沒問題，沒……好痛。」

「唔，喂……」

她一度想毅然站起來，卻又立刻皺著臉彎下膝蓋。

乍看之下，實在不是能走路的模樣。

「果然，還是不行……」

「啊。」

不過，在叫痛的英梨梨轉頭望過來的瞬間……

我腦海裡卻接上了之後的劇情發展。

「欸，倫也……你一個人趕快先逃吧。」

「英梨梨……」

因為，我看見了英梨梨那張像是抱著期待、也像在撒嬌、卻也像是心懷內疚的表情。

我懂了，這些舉動，都是照著瑟畢斯路線的劇情……

主角牽了瑟畢斯的手，從樹上跳下來並且打算逃走。

然而不巧的是，她在著地時失敗，扭傷了腳。

派對參加者亂成一團、大臣怒喊、衛兵趕了過來。

身陷困境的瑟畢斯，則溫柔地跪在痛得想哭的主角面前……

「……稍微忍耐一會喔？」

「嗯……」

英梨梨八成根本沒受傷，即使如此，被我將手伸到膝蓋下面，她卻完全沒有抵抗。

她直接放鬆全身力氣，把自己交給我。

「這樣，或許會搖晃得挺厲害就是了……」

「我說好會忍耐了喔。剛剛說過的。」

「……收到。」

我直接穿過庭院，衝到了屋子外面。

還牢牢地將殿下……將英梨梨抱在懷裡……

抱歉，另外再提一件不識趣的事，其實剛才那位大叔也是我安排好的。

八年前的煙火大會晚上，我也和那位大叔在這裡見過面，他是史賓瑟叔叔在工作上的朋友。

那時候，他常常拿英梨梨黏著我這點逗弄人，所以彼此都認識，派對開始前我們又見了面，我提了一下這次的事情，他就高高興興地答應幫忙了。

……記得八年前，那位大叔似乎真的是外○大臣。（註：指日本總括外交事務的外務大臣）

※　※　※

「校舍……不知不覺中變新了呢。」

「記得是前年改建的吧。」

「呼嗯，是喔。」

「之前一直都在施工吧，妳不記得嗎？」

「誰叫我平常不會走這條路，絕對不會。」

「…………」

一如我所料，英梨梨的腳根本沒受傷。

在手痠又氣喘吁吁的我撐到極限，快要抱不動英梨梨的時候……

原本都乖乖摟著我的英梨梨突然翻臉，還狠狠臭罵「沒骨氣」，最後就丟下我大步大步地走了起來。

那之後，我忍著許多想吐槽的話不講，也一面鞭策自己已經累得半死的身體，拚命跟在她後頭。

慶典夜晚的街道，行人比平常多一些，但由於英梨梨越走越遠離大街，路上來往的人也慢慢變少……

到了現在，這裡就只有我們兩個。

呃，我們跑進不可能有別人在的地方了。

嶋村小學……

我和英梨梨就讀過六年的那個地方，正在放暑假，而且由於是在夜裡所以靜悄悄的一片。

英梨梨似乎已經不打算隱瞞腳受傷的謊，輕輕鬆鬆地越過了校門進到裡面。

然後，我們目前正像這樣漫步於校庭，同時也茫然地望著校舍。

……和剛才在澤村家不一樣，這時候被抓到就真的是非法入侵了。

「改建後還是一樣乏味。」

「哎，畢竟是公立學校嘛。」

校庭、校舍、游泳池，都可以說是完全照著樣板蓋出來的小學模樣。

和我們現在就讀的豐之崎天差地別的土氣程度，看了依舊礙眼。

不對，礙眼的理由不在那裡……

「你好卑鄙，倫也……」

「嗯。」

「事到如今……還說什麼和好。」

「英梨梨……」

是的，因為這裡對我們來說是充滿「負面」回憶的地方。

「剛才那些……不是你自己一個人想的吧？」

「嗯。」

「霞之丘詩羽？」

「還有加藤。提議用《小小狂想》當主題的是那傢伙。」

為了以小小狂想為範本來寫出攻略英梨梨的劇情，加藤負責玩遊戲，再由看著她玩的詩羽學姊構築出今天晚上的這些橋段。

「靠大家幫忙很卑鄙。用小小狂想藉題發揮，就更加卑鄙……」

沒錯，在這種時候搬出小小狂想，是一件卑鄙的事。

正因如此，我和學姊都二話不說地接受了加藤出的主意。

……畢竟，那實在太聰明了。

「那是妳第一次推廣給我，讓我著迷的作品吧。」

「到現在，反而變成聯繫你和那個叫出海的女生的作品了……」

英梨梨會對小小狂想出現過度反應，那應該就是最主要的原因。

在我家的第一代《小小戀情狂想曲》，就是英梨梨在小學三年級時第一次、也是最後一次送我的生日禮物。

原本看不起「區區女性向遊戲」的我，被英梨梨點通，才了解那極富魅力的角色造型、以及具深度的劇情，都絕對不比美少女遊戲遜色。

所以我認同小小狂想是好作品，徹底熱衷於其中，還進一步推廣……

然後就輾轉催生了波島出海這個未孵化的天才。

對我和出海來說，那是一段無可取代的交流，然而在明白其中緣由的第三者看來，會被認為是「另外找了一個澤村英梨梨」重新來過，或許也是沒辦法的事。

只不過，明白內情的第三者，在世上也就只有英梨梨一個人而已。

那是一項既愚蠢又深刻、容易理解卻又不願理解、可以的話會希望一直都不必正視的事實。

「倫也，你看待那個女生，和你看霞之丘詩羽的目光是一樣的，對不對？」

「那個……」

我並不清楚，自己當時是什麼表情。

可是，我無從否認。

那個本子，真的讓我受到了衝擊。

自《戀愛節拍器》以來，少見的精彩強作……

「能遇上好本子真是太棒了呢。而且畫出那個本子的是童年玩伴，還是你自己教出來的頭號弟子……簡直無話可說嘛。」

直到剛才，還拚命摟著我的英梨梨，如今已不復見。

原本顯得有些害羞的表情，又變回之前在派對時的那張臉了。

「不過，這些結果全部……全部都是我促成的不是嗎……！」

玻璃鞋已經粉碎。

馬車變回南瓜，駿馬變回老鼠，只有禮服……還保持原樣。

「只要我，沒有將小小狂想推廣給你……」

英梨梨如此從二次元的世界，回到了現實生活。

「只要我，沒有認識過你……」

儘管，時間還沒到晚上十二點……

在體育館的屋頂附近，又一次綻放出盛大的燦爛煙花。

以時間來講，這大概是最後一波……換句話說，澤村家的派對也差不多接近尾聲了。

英梨梨再不回家，或許會鬧出一些騷動。

可是……

「只要我道歉，就行了嗎？」

還不要放棄。我告訴自己。

「對不起，我偷用了妳介紹給我的遊戲……對不起，我帶出了新的小小狂想玩家，這樣說就行了嗎？」

「現在才道歉，也於事無補了……」

「……所以妳就不跟我道歉？」

「啥……？」

「七年前，妳對我做過的事情……妳覺得，都已經於事無補了……所以妳就不道歉？」

「說那什麼話嘛……我對你做過什麼？」

布置出那個舞台，原本就只是為了讓我和英梨梨面對彼此而已。

詩羽學姊明確編出了替我們製造契機的劇情流程。

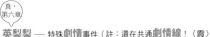

然而，在面對面之後的編排，她只給了三句話：

「讓一切雨過天晴吧。」

「祝你幸運。」

「加油，倫理同學。」

「七年來，我一直沒有說出口……可是，我一直很恨妳！」

「……唔？」

雖然魔法解開了，不過接下來才是真正的戰鬥。

我不會再借助瑟畢斯、還有任何人的力量。

現在的我，只是澤村英梨梨的青梅竹馬，安藝倫也而已。

※　※　※

升上三年級，進小學的我第一次換班級。

從一、二年級又分到同班的朋友只有五個左右，起初我覺得班上有好多新鮮面孔。

然而，我……不對，我們即使和那些新同學在同一個教室相處，來往的幾個朋友也幾乎沒有改變。

……因為連續三年分到相同班級的五個人當中，包括英梨梨。

對於同班這件事，英梨梨和我一樣高興，我們聊起漫畫、動畫、電玩的話題，也變得比以往更加熱烈。

可是，那個不容外人加入；客觀來看又有可愛絕倫的混血女生在內的兩人小圈圈，讓我們和新同學……特別是男生，產生了嚴重的磨擦。

從第二學期開始，我和英梨梨就成了最好的霸凌對象。

人種、男女、御宅族、不相配，所有的負面要素都被同學拿來嘲弄、作文章、廣為流傳。

而且對身為男生的我，更有人每天直接來硬的。

現在回想起來，怎麼想癥結都是出在男生常有的醜陋感情上面，要溫和地用「嫉妒辛苦了」的態度應付過去，或許也是可行。

不過，畢竟我和英梨梨當時都很敏感，內心也不像現在這樣經過磨練，只是脆弱的小學生。

英梨梨受了傷害，變得失去笑容，慢慢地不再提起漫畫及動畫，最後還與我保持距離。

假如我也跟著保持距離，男生們肯定都會滿意，先不提我這邊，但也許那樣他們就不會把英

梨梨當成欺負的目標了。

然而，我才不允許自己輸得那麼毫無道理。

對方是我上小學以後，第一個認識的御宅族朋友……不對，正確來說，對方是夥同家人一起把我拖進御宅族圈子的共犯，我才不能就這樣失去她。

然後，等到第三學期，我獨自一人的戰鬥開始了。

我自告奮勇當了廣播股長，在午休時猛播動畫歌曲。

我也拚命帶漫畫去學校，碰上人就到處推廣。

那些東西讓老師沒收過好幾次，即使連家長都被叫去學校，我也絕對不罷手。

即使在班會上，我也完全不看場合，談御宅話題談到讓老師都徹底閉口。

當然在那段期間，男生們也一直對我「直接來硬的」。

不過，我並沒有動手採取孩子氣的抵抗，而是靜靜地等待播下的種子發芽。

……於是，不久以後效果就慢慢浮現了。

一開始，是那些沒有加入霸凌的溫順男生。

接著是最初就和班上格格不入的，已經罹患「腐症狀」的部分女生。

願意認同我推廣的漫畫、動畫、電玩都很有趣的同學，開始增加了。

他們並不會明著支持我，可是也不會像以前一樣，用鄙視的眼光看我。

從背後得到力量和勇氣的我，訴說御宅思想的勁道也越來越強。

就算被欺負、被恐嚇、被無視，一味推廣喜歡作品的我，還是沒有歇手。

像那樣，被人明著批評「這傢伙腦子是不是有問題？」的期間曾持續一陣子，然後我們班在四月升上了四年級……

我自薦當班級股長，順利達成無投票當選，為這場戰鬥補上了臨門一腳。

面對那樣認真的我，男生們終於無法對抗了。

我就這樣花了一年的時間，在班上替我們這群同好建造出容身之地。

我讓英梨梨和我的御宅族王國復活了。

然而，澤村・史賓瑟・英梨梨這個在男女生之間都擁有人氣的現充女生，終究沒有回來我們的王國。

※　※　※

……雖然我說明了一大串，簡要來講就是「我們被霸凌所以關係告吹了」。稀鬆平常得任誰都能理解，這就是我們之間發生過的事情。

事到如今還爆料這些，也挺丟臉的……

「我哪有可能回去……」

「為什麼不行……？」

「回去找你的話，我又會被排擠……花半年時間好不容易交到的新朋友，就不會理我了。」

英梨梨在三年級快結束時新加入的團體，是由班上一群充滿上流氣息的女生組成。

明明她們還是小學生，卻會翻閱時尚雜誌、聊衣服聊化妝，談些讓人摸不著頭緒的名牌經。

短短半年前，在我們之間要是提到廠牌，明明都是指遊戲或動畫的製作公司。

「要朋友的話，不是有我嗎……？」

「像那樣……那樣的關係，誰知道什麼時候又會被別人摧毀！」

在那個比男生來得成熟一些；對之前提到的霸凌行為也冷眼忽略；和我們非敵非友，應該說根本就沒有交集的女生團體中，（裝得）不再是御宅族的英梨梨，早成了她們崇拜的對象。

因為英梨梨原本就有得天獨厚的本錢，即使對她們愛好的話題不熟悉，光憑外表和家世就能在同伴間受到尊敬。

「所以我只能放棄當御宅族而已……那個時候，我並不能和你講話。」

「妳根本沒放棄當御宅族呀！不知不覺中還成了供應的一方不是嗎！」

「可是我躲得非常辛苦啊！我一直努力不讓別人發現！」

「那妳為什麼要和我切割？」

「還不是因為你不肯一起躲！」

「妳說什……麼？」

「還不是因為你連在表面上，都不肯放棄當御宅族的關係！」

吵到這一步，她卻怪在我頭上，還講出那種話？

只要我不用那種堂堂正正的方式，為御宅族爭取容身之地……

只要我也和其他男生聊足球或無關痛癢的話題，兩個人只約在週末，偷偷地繼續用御宅族身分相聚。

妳想說，那樣子我們就不用分道揚鑣了嗎……？

「如果和你講話，我沒有放棄當御宅族的事就會穿幫……事情要是在女生的圈子裡傳開，我又會在班上落單啊。」

「皮笑肉不笑地跟那些連信任都沒有的傢伙相處，會比和我聊動畫更重要嗎！」

「又不是哪個重要、哪個不重要的問題！」

「向我道歉！」

「我哪有可能道歉！」

「有錯的是妳吧！為什麼我……為什麼，我要受到那種折磨……！」

腦子裡，似乎成了一片空白。

七年來累積又累積的憤怒、悲傷、痛苦。

那些應該已經忘掉的情緒，無法控制地滴落……

「……倫……倫也？」

「……咦？」

所以，那滴了下來。

不會吧？怎麼會？糟糕……

為什麼是我先哭了？

「不……不對……可惡，嗚……嗚啊……」

我應該是要糾正英梨梨吧？

我應該引誘英梨梨講出真心話，然後認真傾談吧？

可是為什麼，我卻自己先失控了？

操之過急了……吧……

「噫……嗚……英……梨梨……妳這個……笨蛋，給我道歉……道歉啦！」

這樣子，我就只是個鬧脾氣的小孩嘛。

只會單方面罵對方，沒有努力、沒有祈願、也不腳踏實地嘛。

「我不道歉……無論發生什麼，我都絕對不道歉。」

所以，英梨梨才不聽我那些不講道理的說詞，用一句話就斷然拒絕了。

「英……梨梨……？」

……聽似如此。

「誰叫倫也……你根本不懂……我流了多久的眼淚……！」

「啊……」

該不會是因為我先哭了，才讓她也跟著放鬆……

英梨梨的臉皺成一團，彷彿這次該換她傾訴。

「被迫和你絕交，連在學校都不能講話，還非得無視你的存在！」

她滴落的淚珠，比我更一發不可收拾。

「我好難過，好傷心，好懊悔，好痛苦，都不知道哭過多少次！」

這麼說來，記得從以前開始，我總是早她一步。

迷上作品、花錢捐獻、還有推廣都是。

「都已經那麼痛苦了……為什麼……我為什麼還非得和你道歉！」

開心大笑、生氣發飆、重新振作也是。

就連……意識到對方也是。

「我都已經承受那麼殘忍的天譴了，為什麼還要受到更深的報應嘛！」

為什麼，我會意識到……這個不講理又任性的女人呢……？

片刻之間，只有我們兩個哭著打嗝的聲音迴盪於校庭。

儘管我們那麼大聲地對彼此吼，但從學校裡面還有外面，都沒有別人出現的動靜。

「既然妳不道歉，那我也不道歉。」

雖然這稱不上理由……

我又一次用力吸鼻子，然後繼續說了下去。

「對出海的本子著迷、還有對詩羽學姊的書著迷，這兩件事我也不會道歉。」

「為什麼嘛，為什麼……你對我的本子就不會著迷！」

「誰叫妳的本子那麼好懂，完全順著讀者的期待，妳都是畫大家想看的東西。」

「那樣有哪裡不對！你是想說……我比不上那個女生嗎？」

「對啦！妳比不上她！妳比較差！妳不行啦！」

「什……！」

這已經變成單純的嘴硬、或者刁難，只能歸為程度不怎麼樣的謾罵而已。

即使如此，我那些話並不虛假、也不誇張。

「到了這個地步，我就不客氣地告訴妳吧。妳實力不夠！」

以往，我同樣沒有對她客氣過。

我並不是想拉她加入社團，才刻意講奉承話。

「妳的圖還有故事，都完全不出人意料！根本沒有驚喜不是嗎！這樣要怎麼讓我心動？」

純粹是她沒有要求而已。

要求畫出讓我認真著迷的本子。

那些部分，在遊戲裡初展才華就行了。

在我的作品中，逐漸脫胎換骨就行了。

「妳從以前就一直這樣不是嗎！只有畫技進步，卻一點都不厲害！我看了就覺得煩躁！」

我拉英梨梨進來，是因為她在我熟識的繪師中實力排第一。

但反過來看，以我的喜好而言，她並不是真的排第一。

……她和詩羽學姊以及出海，並不一樣。

「就算你那麼說……就算你那麼說，欸！」

如我所料，英梨梨緊咬著這點不放。

「我盡己所能在努力！無論是你看得到或看不到的時候，我都拚死拚活地在努力！」

不懂創作者的苦處，而且光憑心血來潮就誇下海口要製作遊戲的外行人，講了怎麼想都離不開私心又毫無道理的妄言，她卻沒有嗤之以鼻。

「如果那樣還是達不到要求，我還能怎麼辦嘛！沒有才能的話，我又能怎麼辦！」

她沒有像平時那樣，當我是隨口瞎說而把批評撇到一邊。

「我哪知道該怎麼辦！但妳做的就是還不夠！」

不，不對。

這傢伙，平時對於我說的話，並沒有嗤之以鼻。她沒有將那些撇到一邊。

在她的心裡，對我那些自以為是的批評，一直介意得不得了。

「我才不知道妳有沒有才能。我也不知道妳做過多少努力。只不過，在目前看來就是不夠。妳並不厲害！」

「沒辦法更努力了啦！我已經苦練又苦練，迴避著大家的目光，可是我也想爭口氣，給笨蛋一點顏色看看，才終於練到現在這一步的啊！」

即使有錯，即使明知有錯，即使因為有錯而將其否定。

「對啊，妳練到了這一步。畫得既快又好，畫風也穩定……」

就算那樣，她也絕對無法將那些批評從腦海角落徹底清除。

「那麼這一次就變得更厲害吧！維持妳那既快又好，而且穩定的作畫，然後變得更厲害給我看啊！」

「沒辦法了啦！接下來就是才能的領域了啦！」

「不管是靠努力或靠才能，我都無所謂！看妳要比現在更加努力，或者在某一天突然激發出才能，進步給我看就對了！」

「要怎麼樣比現在更努力？要怎麼樣激發出才能嘛？」

「我哪知道！自己想！」

對，這正是柏木英理最大的問題。

同時，也是她面對創作最大的動力。

縱使明白我要求得毫無道理，也傻眼地認為我強人所難……

「妳要思考再思考、奮鬥再奮鬥、贏過一個又一個的對手……然後超越出海、超越任何創作者……甚至超越紅坂朱音給我看啊！」

我說過的每句話，妳都無法一笑置之呢。

「不……不然我問你……」

「怎樣啦？」

「要是我辦到了……那樣的話，你就會成為我的信徒？」

英梨梨還沒有傻眼，她不退讓。

「你會來買……我的本子？」

「那還用說，當然會。」

所以我同樣不會停，也不退讓。

「我會搭首班車到會場，排在隊伍最前面，買了以後再排到最尾端，再買再排、再排再買，反覆好幾趟！買到妳完售為止！接著我會到處發本子，推廣給熟人……最後更要告訴他們……」

「……告訴他們什麼？」

「『其實，我和柏木老師認識喔～』……就這樣！」

因為，妳對我來說是唯一「沒讓我變成粉絲，卻獨具意義」的作家。

「你這同人投機客。」

「不可以嗎……！」

對於我那些任性、不講理的要求，英梨梨罵得牛頭不對馬嘴。

她用了積極無比的方式，解讀那些要求。

「我就當給你看……當一個厲害得讓所有人都認同的繪師。」

還帶著一張不甘心的笑臉。

用的是蘊含憤怒的爽快態度。

「我會當一個厲害得讓所有人都認同的繪師，包括你在內……！」

此時此刻，澤村．史賓瑟．英梨梨……

「egoistic lily」的柏木英理，徹底復活了。

「和好的事……就延期囉。」

「嗯，我等妳……」

我們的歷史性和解，肯定會發生在某次活動上。

我會遞出萬元鈔說：「請給我每人限購的最多冊數！」

英梨梨則笑瞇瞇地打發一句：「不好意思，我們沒有零錢。」

「給我等著吧，你這笨蛋！」

嗯，我相信有一天，我們會舉行那夢幻又傻呼嚕的和好儀式。

對不起，學姊、加藤……

結果，我沒能遵守和大家的約定。

我跟結下七年樑子的英梨梨，是無法和好了。

不過，沒關係。

我們有一線希望。

英梨梨重振起來了。

這樣子，我們就可以再往前邁進。

所以，今天光這樣就……

「那我們回去吧，倫也……不對，瑟畢斯？」

「啊……」

在最後，英梨梨在校庭正中央，一臉疼痛地按著腳踝蹲了下來。

她只再一次，向我索求魔法的餘韻。

終章之一

「咦……？」

「對不起，出海……我做了傷害妳的事情。」

夏COMI結束的隔天。

和出海再會那天也有來過的，我家附近的公園。

「咦？咦？咦……『egoistic liliy』？咦～～～？」

突然被我約出來見面，出海馬上就欣然答應了……

對於眼前深深行禮的金髮女的真面目，她訝異得忘了閉起張大的嘴巴。

「怎麼會……這怎麼可能……那位大家知道的澤村學姊……嶋村中學的玉女，就是柏木英理……？」

「……英梨梨，妳在國中時，是被人用那種丟臉的綽號稱呼啊？」

於是，當我用不至於被出海聽見的微弱音量問了英梨梨以後，對方也用差不多細的聲音凶我說：

「囉嗦，我現在也被捧得差不多誇張，你放心吧。」

「哎，那倒也對。」

的確，畢竟她有各式各樣的稱號，比如「美術社好手」、「全校第一的美白女生」、「豐之崎的黃金傳說」。

話說～～最後那個是在誇獎她嗎？

「將本子退還給作者，對創作者來說是最失禮、也最卑劣的行為……或許無法得到妳原諒，但我真的好好做了反省。」

不提稱號了，英梨梨態度鄭重地和出海對峙，那跟她用來對我的口氣完全不同。而且，也和平時偽裝的大小姐口氣有著微妙差異。

她是發自內心在道歉。

昨晚，從小學回家的路上。

之前不曾承認自己任何一項過錯的英梨梨，在經過我指正以後，那段苦澀記憶忽然讓她變得沮喪。

就是在出海攤位上發生的那件事。

先前意氣用事的模樣全都不算什麼了，或許是回想起來後漸漸在心裡造成影響的關係，英梨梨熱切向我表示，希望能盡快和出海見一面。

……這個硬脾氣的傢伙，對我以外的人就會坦然道歉耶。

「老實說呢……我從各方面對妳的本子感到害怕。」

「妳……妳說什麼啊，澤村學……柏木老師！」

「不要叫我老師啦……我根本還沒有讓人那樣稱呼的實力……讀過妳的本子，讓我體會到了這一點。」

「咦……？」

然後，英梨梨真的坦白招認了。

出海的本子讓她感受到「魄力」。

那是在她自己作品裡不存在的東西。

她覺得嫉妒，覺得恐懼。

所以她不想看，還把本子退還給出海……

英梨梨對出海吐露的那些，和她告訴我的幾乎完全一樣。

……哎，因為和我聽到的內容一樣，就認定她夠坦白，這在某種層面上或許是種傲慢吧。

「現在才說可能已經晚了。或許妳也沒有保留……但如果不嫌棄的話，能不能再給我那個本子呢？」

「啊……啊……啊……好的！請學姊務必收下來！」

而出海這一邊……已經緊張得徹底僵住了。

「謝謝妳……那麼，我用自己的本子和妳交換。」

「我……我很榮幸！」

「不對，妳那是十八禁本，不能給她啦。」

之後，英梨梨和出海聊得很融洽。

話題中，英梨梨還聊到了小小狂想，讓原本緊張的出海一舉放鬆下來。

由於彼此玩過的系列不一樣，她們並沒有探討到角色，但仍然聊得相當熱絡，內容更是深入到小小狂想的作品概念、以及貫穿整體系列的氣氛營造等等。

……聊到一半，出海啟動了曾經發作過的講話太激動的毛病，英梨梨也露出了一絲絲苦笑。

不過，我看著她們倆那種溫馨的畫面，覺得有些安心、也有些感動。

英梨梨以前不曾展露的穩重應對，讓我最有感觸。

雖然昨天因為小小狂想而鬧了些彆扭，但她畢竟比較年長，還是懂得要體貼出海。

所以這兩個人之間，應該沒有什麼問題了。

以後，她們肯定會視彼此為切磋進步的勁敵、以及無可取代的同人界伙伴，共同建立出良好關係。

我看著對彼此笑得像姊妹一般的兩人，心裡有了如此的感觸。

「啊，糟糕……我差不多該去倫也家了。」

「咦？」

然而，快樂時光也有結束的時候。

看向時鐘，離集合時間確實剩不到十分鐘了。

「怎麼了，出海？」

「學姊要去……倫也學長的家嗎？」

「嗯，社團有事要討論啊。」

「啊，這樣嗎，原來如……」

「不知道今天能不能在早上前回家呢……」

「咦？」

先不提詩羽學姊，準時的加藤可能已經快來了。

差不多也可以告訴她鑰匙藏在哪裡了吧。

「怎麼了嗎？」

「……學姊會在那裡過夜嗎？」

「就是啊，真討厭。每次在畫完以前，他都不肯放我走呢。」

「咦……？」

離冬COMI的報名截止日，只剩一點時間。

要在今天之內將申請書寫好，以穩固的態度向冬COMI突進。

那正是今天社團活動的頭號議題。

「那麼出海，我們要先走囉……這次的事情真的很抱歉。」

「啊，不會，倫也學長才沒有什麼需要道歉的……」

「他有喔。」

「咦……？」

「因為倫也是我的雇主。換句話說，他要對我負責啊。」

「…………」

不對，還剩一件最重要的事，而且，那對我們來說是十分重要的儀式。

要來決定，我們社團的名稱……

「…………倫也，你先走好嗎？」

「咦？為什麼？」

「我有一點話想和出海單獨講，可以嗎？」

「這樣喔？出海妳呢？」

「………好的。」

就這樣，我被英梨梨急著趕走，自己先離開公園了。

離別之際，出海望著我的表情，比剛才還要微妙。

我最後分心在想其他事情，大概被她發現了吧……真過意不去。

※　※　※

「對不起喔，特地留住妳。」

「那個，還有什麼事嗎……學姊？」

「倒不如說，接下來才是正題呢……」

「咦？」

「我啊……一直都很想和妳講話。從很久以前就這麼想了。」

「從以前……學姊就認識我了嗎？」

「嗯……大概，要比妳認識我還早。」

「那是為什……」

「所以囉，為了紀念終於和妳講到話……我希望，妳能收下這個。」

「這……這是什麼？」

「我從妳的畫得到了靈感……在昨天晚上畫出來的。」

「學姊太費心了……送給我很可惜耶。」

「拜託妳，把這收下……我是專為妳畫的。」

「澤村學姊……？」

「那再見囉，波島……出海。」

「學……學姊再見……」

「…………………………………………」

「～唔？」

※　※　※

「啊哈哈……這張圖還真是灌注了不少心血。而且是全彩的呢。」

「哥哥……你怎麼會來？」

「哎，就當是巧合吧……話說這也太大手筆了。柏木英理繪製的全彩紙卡，要是拿去網拍，價錢可會開到幾十萬喔。」

「那個人是什麼意思啊？」

「從善意來想，大概是為妳這個《小小狂想》粉絲準備的禮物吧？」

「假如不是那樣的話呢？」

「就是為了亮出創作者的實力差距給妳看。」

「……………」

「哦，瑟畢斯和主角的配對啊……這筆觸細緻得非比尋常耶。」

「她畫這一對，是有什麼用意……？」

「誰知道呢？」

「……………」

「被柏木英理找碴，讓妳受了那麼大的刺激嗎？以弱小的同人社團來說，我倒覺得過分榮幸了呢。」

「澤村學姊……不對，那個女生真的好不成熟。」

「哎，提到創作者，孩子氣的傢伙可多了。」

「總覺得，我被她激到了……感覺像是讓小學生戲弄了一樣。」

「哦，嶋村中學的玉女讓妳這麼想？」

「我不想……輸給那個人耶。」

「靠妳目前的實力，我倒覺得像兔子在挑戰老虎喔。」

「那種事，我自己知道……」

「而且，對方大有餓虎撲兔的意思。我想妳並沒有勝算。」

「那個我也知道啦！」

「……呼嗯。」

「就算這樣……我也不想靜靜被吞掉。感覺好不甘心！」

「為什麼妳要那麼執著？妳要和她對抗？」

「我不知道……雖然我自己也不知道為什麼。」

「……噗，啊哈，啊哈哈哈哈。」

「有什麼好笑的啊？」

「沒有……出海。」

「怎樣嘛？」

「接下來，妳有兩條路。」

「哥哥？」

「一條路是像過去那樣，活在個人興趣的圈子裡，細水長流地自己經營社團。另外一條路呢……就是和最強製作人並肩作戰，抄最短的途徑往上衝。」

「你說的，是什麼意思……？」

「做選擇的是妳喔……出海。」

終章之二

「……嗯，畫好了！社團圖示完成！」

「哦，畫好啦？英梨梨！讓我看一下！」

「呵，以妳來說畫得不錯嘛，澤村。」

「有寫手在作畫方面惠賜卓見，我真是太榮幸了，霞老師。和妳搭檔的插畫家在九泉之下，肯定也同感欣慰呢。」

「只是坦然稱讚一句，就這麼咄咄逼人……患有被害妄想症的青梅竹馬打翻醋罈，就是這麼麻煩呢，倫理同學你說對不對？」

「不要拿那種無法置評的意見向我徵求贊同啦！」

「咦，奇怪……等一下等一下！這個女生沒穿衣服嘛？」

「不要緊，加藤同學，這種暴露程度用來當社團圖示是完全ＯＫ的。」

「問題不在那裡……這是我當模特兒時畫出來的吧，澤村同學？」

「對啊，我本來想畫個更撩人一點的姿勢，可是模特兒太排斥，最後不得已就畫得這麼清淡囉……」

「那問題可大了。叫妳脫就脫，叫妳嬌喘就嬌喘，這才是真正的職業意識吧，加藤。」

「……是學姊說的那樣嗎，安藝？」

「我們做的是同人！」

Blessing software
A·B·C

後記 ─不起眼副標梗耗盡法─

大家好，我是丸戶。

如標題所示，本單元即將在這次走入尾聲。感謝各位讀者一直以來的愛載。

因此從下一集開始，這裡將轉型成沒有副標題的單純「後記」重新出發。敬請舊雨新知繼續指教。

光陰似箭，這部《不起眼女主角培育法》也來到第三集了。

可喜可賀的是正篇似乎不必換標題，還能繼續推出後續，我對各位讀者以及富士見書房感激得無法用言語來表達。

這樣接下來的目標，就是和《戀愛節拍器》並駕齊驅地出到第五集了。不過累積銷售五十萬冊的門檻非常高。我嫉妒霞詩子老師的人氣。

那麼，在本作當中無法迴避的Comiket舞台，終於在這次出現了。

我本身和Comiket的關係，說來並沒有太久遠、也沒有太新鮮，以普通參加者身分入場是在十五年前、報名社團則是在十年前多一點的事吧。

某網路百科上關於我的項目（目前），提到了我第一次製作同人誌是在二〇〇六年，但其實比那大約早個五年前、也就是在正式出道前，我就在Comiket出過成人遊戲評論本了呢。

那時我當然是寂寂無名，出的本子以類別而言也屬於非主流，活脫脫正是「印了一百本卻連五十本也賣不掉」的經營規模，和這次登場的波島出海如出一轍，儘管如此，那時候報名社團，也為我帶來了像她一樣更加著迷於Comiket的契機。

會這麼說，是因為在活動結束後過了幾天，我收到了買本子的讀者寄來的感想信。特地用手寫的熱情文章，長達兩張信紙的份量。哎，雖然這樣講感覺有些老王賣瓜，但對方寫給我的是稱許的話……讀那封信時，我想我的表情就像第四章的出海那樣。

讀了這次的原稿，深崎先生似乎也頗有共鳴地表示：「從島塊區開始爬起的人，就會懂這種心情呢。」（那也反映在章節標題了）討論時談到的也盡是第四章插畫的構圖……呃，雖然劇情高潮在第六章就是了。

因此，這次的作風和平時大異其趣，我將焦點放到了御宅族業界的光明面，試著以穩健派自居。我可不是每次都只會用血淋淋的事實填滿頁數。像我這種大叔也是抱有夢想和希望的……

那麼，最後請容我一如往常地獻上謝詞。

深崎老師，最近在設定方面也受了你不少照顧。寫謝詞的這個瞬間，把加藤的服裝造型全包給你處理的我，其實正在等候佳音……還有出海的髮型該怎麼辦呢？（上市後公布答案！）

萩原先生。感謝你每次的絕妙措置。這次果然還是用紙本修稿，不過其他作品的截稿進度要悽慘多了，所以請你放心。

還有各位讀者，感謝你們特地將第三集拿到手裡。往後我也希望能繼續和大家一起同樂，還請多多指教。

在第四集再見了。

二〇一三年，春。

丸戸史明

不起眼女主角培育法

國家圖書館出版品預行編目資料

不起眼女主角培育法 / 丸戶史明作 ; 鄭人彥譯.
-- 初版. -- 臺北市 : 臺灣國際角川, 2013.07-
冊 ; 公分.-- (Kadokawa fantastic novels)

譯自：冴えない彼女の育てかた
ISBN 978-986-325-483-6（第1冊：平裝）. --
ISBN 978-986-325-583-3（第2冊：平裝）. --
ISBN 978-986-325-672-4（第3冊：平裝）

861.57 102010271

Kadokawa
Fantastic
Novels

不起眼女主角培育法 3

（原著名：冴えない彼女の育てかた 3）

2013年11月27日 初版第1刷發行
2024年7月3日 初版第17刷發行

作者：丸戶史明
插畫：深崎暮人
譯者：鄭人彥

發行人：台灣角川股份有限公司
總監：呂慧君
總編輯：蔡佩芬、朱哲成
主編：林秀儒
設計指導：陳晞叡
美術設計：吳佳昀
印務：李明修（主任）、張加恩（主任）、張凱棋、潘尚琪

發行所：台灣角川股份有限公司
地址：104台北市中山區松江路223號3樓
電話：（02）2515-3000
傳真：（02）2515-0033
網址：www.kadokawa.com.tw
劃撥帳戶：台灣角川股份有限公司
劃撥帳號：19487412
法律顧問：有澤法律事務所
製版：巨茂科技印刷有限公司
ISBN：978-986-325-672-4